FRANCES
HODGSON BURNETT

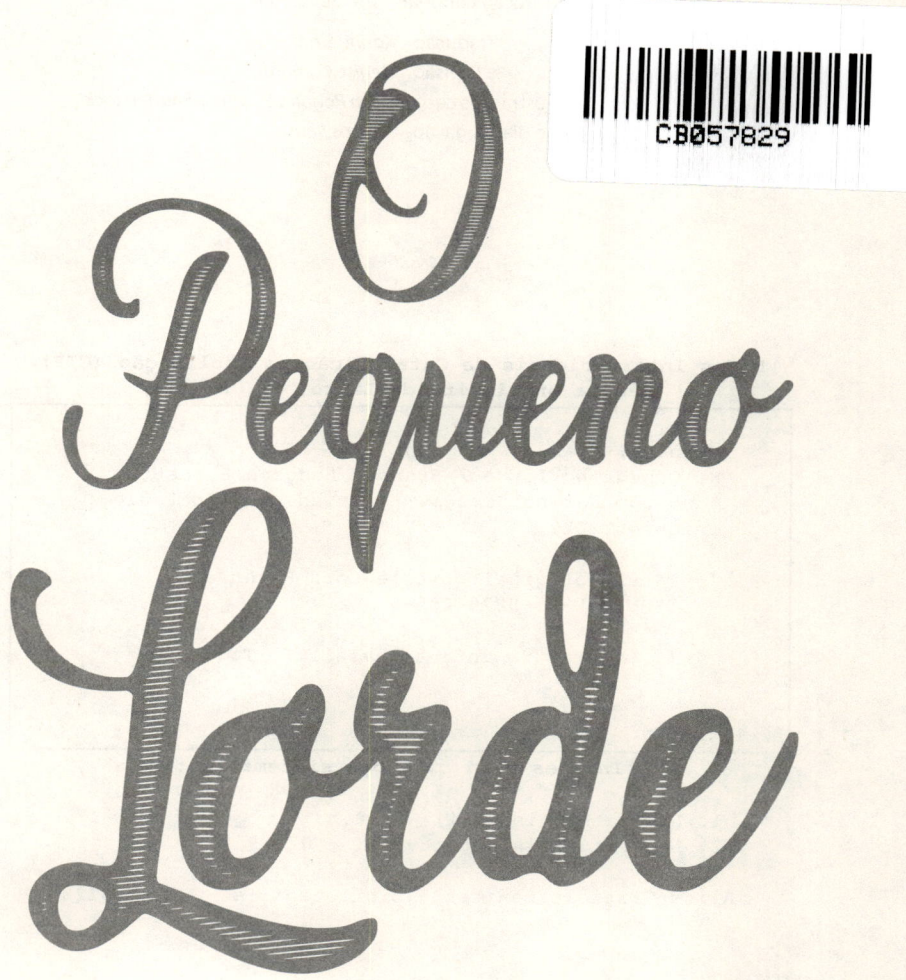

O Pequeno Lorde

Título original: *Little Lord Fauntleroy*
copyright © Editora Lafonte Ltda. 2022

Todos os direitos reservados.
Nenhuma parte deste livro pode ser reproduzida por quaisquer
meios existentes sem autorização por escrito dos editores.

Direção Editorial Ethel Santaella
Tradução Karine Simões
Revisão Denise Camargo
Ilustrações capa Liliya Rogoleva-Ashur / Shutterstock
Capa e diagramação Marcos Sousa

Dados Internacionais de Catalogação na Publicação (CIP)
(Câmara Brasileira do Livro, SP, Brasil)

Burnett, Frances Hodgson, 1849-1924
  O pequeno lorde / Frances Hodgson Burnett ;
tradução Karine Simões. -- 1. ed. -- São Paulo :
Lafonte, 2022.

  Título original: Little Lord Fauntleroy
  ISBN 978-65-5870-285-6

  1. Literatura infantojuvenil I. Título.

22-114714   CDD-028.5

Índices para catálogo sistemático:

1. Literatura infantil   028.5
2. Literatura infantojuvenil   028.5

Aline Graziele Benitez - Bibliotecária - CRB-1/3129

Editora Lafonte

Av. Profª Ida Kolb, 551, Casa Verde, CEP 02518-000, São Paulo-SP, Brasil – Tel.: (+55) 11 3855-2100
Atendimento ao leitor (+55) 11 3855-2216 / 11 3855-2213 – atendimento@editoralafonte.com.br
Venda de livros avulsos (+55) 11 3855-2216 – vendas@editoralafonte.com.br
Venda de livros no atacado (+55) 11 3855-2275 – atacado@escala.com.br

FRANCES
HODGSON BURNETT

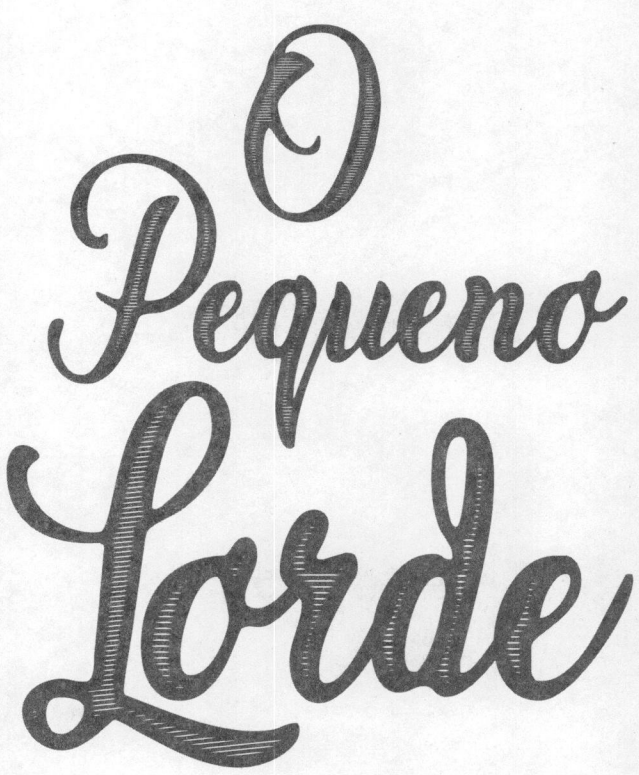

Tradução
Karine Simões

Brasil, 2022

Lafonte

CAPÍTULO I

Cedric não fazia ideia do que se tratava. Ninguém sequer havia mencionado algo sobre o assunto. Sabia que seu pai era inglês, pois sua mãe lhe havia dito, mas, quando este faleceu, o garoto era tão pequeno que mal podia se lembrar dele, exceto que era um homem alto, de olhos azuis e bigode comprido, e que era esplêndido ser carregado em seus ombros pelo quarto. Desde a morte de seu pai, Cedric descobriu que era melhor não falar sobre ele com sua mãe. Quando ele adoeceu, o garoto foi mandado para longe e, ao regressar, tudo parecia ter mudado, pois sua mãe, que também esteve muito doente, havia se recuperado somente o suficiente para se sentar em sua cadeira perto da janela. Ela havia ficado esquálida, e as covinhas haviam desaparecido de seu belo rosto. Seus olhos pareciam fundos e desolados, e ela vestia-se sempre de preto.

— Querida — disse Cedric. O menino aprendeu com o pai a chamá-la assim. — Querida, papai está melhor?

Ele sentiu os braços da mãe tremerem,

então, ergueu a cabeça de cabelos encaracolados e olhou em seus olhos. Algo neles o fez sentir-se à beira das lágrimas.

— Querida — disse o garoto –, meu papai está bem?

Então, de repente, seu coraçãozinho amoroso disse-lhe que era melhor colocar os braços em volta do pescoço da mãe, beijá-la repetidamente e manter sua bochecha macia junto à dela. E foi o que Cedric fez, e ela colocou o rosto em seu ombro e chorou amargamente, segurando-o como se nunca mais fosse soltá-lo.

— Sim, ele está bem — soluçou a mãe. — Ele está muito bem, mas nós... nós não temos mais ninguém além um do outro. Ninguém mesmo.

Então, mesmo ainda jovem, compreendeu que seu garboso papai não voltaria mais, que estava morto, como já tinha ouvido falar de outras pessoas, embora não pudesse compreender exatamente que acontecimento havia causado toda aquela tristeza. Ao perceber que sua mãe sempre chorava quando ele mencionava o pai, o menino secretamente decidiu que seria melhor não falar muito sobre ele com ela, e também descobriu que era melhor não a deixar sentada contemplando a lareira ou a vista da janela, imóvel, em silêncio.

Ele e sua mãe conheciam pouquíssimas pessoas e viviam o que poderia ser considerada uma vida muito solitária, ainda que Cedric somente conseguisse mensurar essa solidão quando mais velho, assim que compreendesse o motivo de eles não receberem visitas. Disseram-lhe que sua mãe era órfã e estava sozinha no mundo quando seu pai a desposou.

Sua mãe era uma mulher belíssima e vivia como dama de companhia de uma senhora idosa e rica que não era nada gentil com ela. Um dia, ao visitar a casa, o capitão Cedric Errol a viu subir correndo as escadas com lágrimas nos olhos. Seu semblante era tão doce, inocente e lastimoso que o homem não conseguiu mais esquecê-la. E, depois de muitas coisas estranhas acontecerem, eles se conheceram melhor, apaixonaram-se e se uniram em matrimônio, embora essa relação tivesse desagradado a várias pessoas. O mais descontente, entretanto, era o pai do capitão, um velho nobre que vivia na Inglaterra, opulento e de prestígio, com temperamento difícil e forte aversão à América e aos americanos. O homem tinha dois filhos mais velhos do que o capitão Cedric e, por lei, o primogênito deveria herdar o título e as propriedades da família, que eram magníficas e prósperas. Se o filho mais velho morresse, o próximo filho se tornaria o herdeiro. Então, mesmo sua família não sendo muito grande, havia poucas chances de que o capitão Cedric herdasse a grande fortuna.

Mas a natureza deu a ele dons que não concedeu aos irmãos mais velhos. O capitão era bem-apessoado. Uma figura elegante, forte, graciosa e com um belo rosto. Seu sorriso era cativante e sua voz, doce e alegre. Ele era corajoso e generoso e tinha o coração mais bondoso do mundo, que parecia ter o poder de fazer com que todos o amassem, o que não ocorria com seus irmãos mais velhos, pois nenhum deles era bonito, gentil ou inteligente.

Na época da escola, no internato Eton, não eram populares e, quando foram para a faculdade, não se importaram com os estudos, desperdiçaram tempo e dinheiro e fizeram pouquíssimas amizades. O velho conde, pai deles, desapontava-se constantemente ao ver seus herdeiros desonrarem o nome da família e cada vez mais se tornava um homem egoísta, esbanjador, desprezível e sem as nobres qualidades que seu título exigia. Era frustrante para o velho conde que o filho mais novo, que detinha todos os dons, todos os encantos e toda a força e beleza, fosse aquele que receberia apenas uma pequena fortuna.

Às vezes, chegava a odiá-lo por possuir todas as virtudes que deveriam acompanhar o título imponente e as magníficas propriedades de um nobre; ainda assim, nas profundezas de seu velho coração orgulhoso e teimoso, não podia deixar de sentir um profundo afeto por seu filho mais novo. Foi durante um de seus ataques de raiva que o mandou para a América, pois pensava que, mandando-o embora por um tempo, não ficaria irritado por compará-lo constantemente com seus irmãos, que, naquela época, lhe causavam tantos aborrecimentos.

Contudo, depois de cerca de seis meses, começou a se sentir solitário e secretamente ansiava por ver seu filho novamente, então escreveu ao capitão Cedric ordenando que retornasse para casa. A carta que escreveu cruzou com a carta que o capitão tinha acabado de escrever ao pai contando sobre seu amor pela linda garota americana com quem iria se casar. Quando o conde recebeu aquela carta, ficou furioso. Por pior que fosse seu temperamento, jamais havia sentido tanta ira como a que sentiu ao ler tais palavras. Seu criado, que estava presente no momento, pensou que o patrão teria um ataque de apoplexia de tão louco de raiva. O velho rugia como um tigre e, depois de uma hora, sentou-se para escrever ao filho, ordenando-lhe que nunca mais se aproximasse de sua antiga casa nem voltasse a escrever ao pai ou aos irmãos. Disse-lhe que poderia viver como bem entendesse e morrer onde lhe agradasse, que não faria mais parte da família e que jamais receberia a ajuda de seu pai enquanto vivesse.

A carta do pai causou enorme tristeza ao capitão. Ele gostava muito da Inglaterra e amava profundamente a bela casa onde nasceu e seu velho e mal-humorado pai. Compadecia-se das angústias do velho conde, mas sabia que no futuro não poderia esperar nenhuma bondade dele.

No início, o capitão ficou sem saber o que fazer. Não foi criado para trabalhar e não tinha experiência em negócios, mas era corajoso e determinado. Então, vendeu sua patente no Exército Britânico e, depois de alguns contratempos, encontrou um emprego em Nova York para, por fim, casar-se.

A discrepância entre sua antiga vida na Inglaterra e a que tinha agora era demasiada, mas ele era jovem, estava feliz e esperava que o trabalho árduo lhe trouxesse recompensas no futuro.

Conseguiu uma casinha em uma rua tranquila para morar. Tudo era tão alegre e simples, e seu filho nasceu lá. Nunca, nem por um segundo, o capitão se arrependeu de ter se casado com a linda dama de companhia da velha senhora rica, pois ela era muito gentil e eles se amavam muito. Sua esposa era muito doce, de fato, e seu filho se parecia um pouco com ela e um pouco com o pai. Embora tivesse nascido em uma casinha pacata, parecia que nunca tinha havido um bebê mais afortunado.

O pequenino era muito saudável e jamais causava qualquer preocupação. Também era tão amável que todos se encantavam com ele. Além disso, havia nele tanta beleza a ser admirada que mais parecia uma bela pintura. Diferentemente da maioria dos bebês que nasciam carecas, iniciou a vida com cabelos dourados, finos e macios, com as pontinhas viradas que, por volta dos seis meses de idade, haviam se transformado em cachos soltos. O garoto tinha grandes olhos castanhos, cílios longos e um rostinho adorável. Suas costas eram fortes e suas pernas tão robustas e esplêndidas que, aos nove meses, aprendera repentinamente a andar.

Seus modos eram tão bons para um bebê que todos a sua volta ficavam maravilhados ao conhecê-lo. Parecia sentir que todos eram seus amigos e, quando passeava em seu carrinho pelas ruas e alguém falava com ele, dava ao estranho um olhar doce e sério com os olhos castanhos seguido de um sorriso amável e amigável. Como consequência, não havia uma pessoa sequer nas proximidades da tranquila rua onde morava, nem mesmo o dono da mercearia da esquina, considerado a criatura mais ranzinza do mundo, que não se encantasse com o garotinho. E, conforme o tempo foi passando, ele ficava mais belo e cativante.

Quando cresceu o suficiente para passear com sua ama, exibia um grande chapéu preso em seus cabelos dourados e encaracolados e um *kilt*, ambos na cor branca, enquanto arrastava um pequeno carrinho de puxar. Sua beleza atraía a atenção de todos e, ao voltar para casa, a ama contava para sua mãe histórias das senhoras que paravam suas carruagens para admirá-lo e bajulá-lo e como elas reagiam quando o menino lhes respondia com seu jeito alegre e cortês, como se já as conhecesse. A forma desinibida e afetuosa de fazer amizade com as pessoas era seu maior encanto, provavelmente fruto de uma natureza confiante e de um coraçãozinho gentil que cativava a todos desejando que se sentissem tão felizes quanto ele.

Essa sua maneira de ser fez com que muito cedo o menino sentisse empatia pelos sentimentos das pessoas ao seu redor. Talvez essa benquerença tenha crescido com ele devido ao ambiente amoroso criado pelos pais, que sempre foram carinhosos, atenciosos, ternos e bem-educados. Cedric nunca ouviu uma palavra rude ou descortês em casa, sempre foi amado, acariciado e tratado com ternura, por isso sua alma infantil era cheia de bondade e inocência. A afetuosidade com que seu pai tratava sua mãe, que sempre era chamada por palavras amorosas, o modo como seu pai se preocupava com ela e os cuidados que tinha com ela o fizeram compreender que também deveria fazer o mesmo pela mãe.

Então, quando soube que seu papai não voltaria mais e notou a tristeza de sua mãe, gradualmente veio a seu amável coração o sentimento de que deveria fazer o que fosse possível para fazê-la feliz. Apesar de ser um pouco mais velho do que um bebê, esse pensamento o acompanhava sempre que subia em seu colo para abraçá-la, beijá-la e colocar sua cabecinha cacheada em seu pescoço, quando trazia seus brinquedos e livros ilustrados para mostrar a ela ou quando se aninhava ao seu lado enquanto ela se deitava no sofá. Pela sua pouca idade, não sabia mais o que fazer, porém, para sua mãe, aquilo era um conforto maior do que ele poderia ter compreendido.

— Oh, Mary! — ele a ouviu dizer uma vez a sua antiga criada. — Tenho certeza de que ele está fazendo de tudo para me consolar, sei que está. Às vezes me olha com um olhar amoroso e preocupado, como se sentisse pena de mim, e então vem me acariciar ou me mostrar alguma coisa para me distrair. Ele é um homenzinho, eu realmente acho que ele entende o que está acontecendo.

À medida que crescia, sua personalidade singular divertia e atraía muito as pessoas. Ele era um companheiro inseparável de sua mãe. Os dois costumavam passear, conversar e brincar juntos. Quando era bem pequeno, aprendeu a ler e depois disso costumava se deitar no tapete em frente à lareira, à noite, para fazer leituras em voz alta. Às vezes, lia histórias infantis, outras, livros grandes como os mais velhos costumavam ler e, por vezes, até o jornal. Nessas ocasiões, Mary, da cozinha, podia ouvir a sra. Errol rir deleitando-se com as coisas estranhas que o filho dizia.

— Acredite... — disse Mary ao dono da mercearia — é impossível não rir das coisas que o menino diz e de suas palavras curiosas! Na noite em que o novo Presidente foi eleito, ele entrou na minha cozinha e ficou diante do fogão, com as mãos nos pequenos bolsos e com seu rosto inocente, muito sério, disse: "Mary, estou muito *intressado* nas *leições*. Sou *replubicano* e Querida também é. Pro acaso é *replubicana*, Mary?" Eu me desculpei e disse: — "Eu sou democrata!" — E ele olhou pra mim com olhar contrariado e falou: "Mary, então o país irá à ruína." Desde então, uma vez por dia, ele tenta me convencer a mudar de opinião.

Mary gostava muito de Cedric e se orgulhava dele. Ela trabalhava na casa da família desde que ele nasceu e, após a morte do capitão, virou cozinheira, criada, ama e tudo o mais. Sentia verdadeira afeição pelo menino. Apreciava ver sua afetuosidade e bons modos. E era especialmente orgulhosa dos cabelos brilhantes e encaracolados que ondulavam sobre sua testa e caíam em encantadoras mechas sobre seus ombros. De bom grado, acordava cedo e deitava tarde para ajudar a senhora Errol a cuidar da casa e a manter as roupas de Cedric em ordem.

— Gostaria de ver — dizia ela – se na Quinta Avenida tem uma criança tão bonita e educada quanto ele. Quando eu o levo para passear vestido com sua roupa de veludo preto, feita com o mesmo tecido do vestido da senhora, com a cabecinha erguida e seus cachos brilhantes se esvoaçando, não tem homem, mulher ou criança que não olhe para ele: parece um pequeno lorde.

Cedric não fazia ideia de que aparentava ser um jovem lorde e nem mesmo sabia o que seria um. Seu melhor amigo era o rabugento dono da mercearia da esquina, que nunca foi descortês com ele. Seu nome era sr. Hobbs, e o pequenino o admirava e o respeitava muito. Ele o considerava uma pessoa muito rica e poderosa porque o homem tinha um cavalo e uma carroça e mantinha em seu estoque uma grande quantidade de ameixas, figos, laranjas e biscoitos. Cedric gostava do leiteiro, do padeiro e da mulher das maçãs, mas gostava mais do sr. Hobbs, e era tão íntimo dele que ia visitá-lo todos os dias, e muitas vezes passava muito tempo sentado com ele, discutindo os acontecimentos do dia.

Era surpreendente ver como tinham assunto para debater, como o Quatro de Julho, por exemplo. Assim que começavam a falar sobre o Dia da Independência, esse assunto parecia não ter mais fim. O sr. Hobbs tinha uma opinião muito negativa sobre "os britânicos" e contou ao menino toda a história da Revolução, relatando fatos maravilhosos e patrióticos sobre a vilania do inimigo e a bravura dos heróis revolucionários, dispondo-se até a repetir generosamente parte da Declaração de Independência.

Com os olhos brilhando de excitação, as bochechas vermelhas e os cachos em desalinho, mal podia esperar para voltar para casa e contar as histórias para sua mãe na hora do jantar. Foi, talvez, o sr. Hobbs quem lhe despertou seu interesse pela política. O merceeiro gostava de ler jornais e por isso Cedric ficava sabendo o que estava acontecendo em Washington, e o homem também lhe relatava se o Presidente estava cumprindo seu dever ou não. Certa vez, em um ano de eleições, o garoto achara tudo muito grandioso e, provavelmente, concluíra que, se não fosse por ele e o sr. Hobbs, o país poderia ter sido destruído.

O sr. Hobbs o havia levado para assistir a uma grande procissão de tochas, e muitos dos rapazes que as carregavam se lembrariam mais tarde de um homem corpulento que se encontrava perto de um poste e segurava em seus ombros um lindo garotinho gritando e agitando seu chapéu no ar.

Pouco depois dessas eleições, quando Cedric tinha entre sete e oito anos, aconteceu um fato estranho que acarretaria uma mudança maravilhosa em sua vida. Também foi bastante curioso que naquele dia o garotinho estivesse conversando com o sr. Hobbs sobre a Inglaterra e a Rainha, e o dono da mercearia tivesse dito algumas coisas muito severas sobre a aristocracia, ficando especialmente indignado com condes e marqueses.

Era uma manhã quente e, depois de brincar de soldadinho com alguns amigos, Cedric foi até a loja para descansar deparando-se com o merceeiro com uma expressão muito feroz por causa de um artigo do *Illustrated London News* que continha uma foto de alguma cerimônia da corte inglesa.

— Ah — disse ele — é assim que eles estão agora! Mas todos irão se arrepender quando, algum dia, aqueles que foram humilhados se rebelarem e correrem com todos, condes, marqueses e toda essa corja! Este dia está para chegar, eles não perdem por esperar!

Cedric empoleirou-se como de costume no banquinho alto, puxou o chapéu para trás e colocou as mãos nos bolsos em posição de atenção e respeito.

— O senhor conheceu muitos *marqueses*, sr. Hobbs? — perguntou Cedric — Ou condes?

— Não — respondeu o comerciante, indignado. — Mas gostaria de eu mesmo dar-lhes uma lição! Não terei tiranos gananciosos sentados em minhas caixas de biscoitos!

E o homem estava tão orgulhoso desse sentimento que olhou ao redor e enxugou o suor da testa.

— Talvez eles não fossem condes se soubessem o que sabemos — disse Cedric, sentindo uma vaga compaixão pela condição desventurada de tais pessoas.

— Certamente! — disse o sr. Hobbs. — Mas simplesmente preferem se vangloriar disso! São gente ruim. Está em seu sangue.

Eles estavam no meio da conversa quando Mary apareceu. Cedric achou que talvez ela tivesse vindo comprar açúcar, mas não. Ela estava quase pálida, nervosa com alguma coisa.

— Vem já pra casa, menino — disse ela. — Sua mãe mandou chamar.

Cedric desceu de seu banquinho.

— Ela quer que eu vá passear com ela, Mary? — questionou o garotinho. — Adeus, sr. Hobbs. Nos vemos mais tarde.

Cedric percebeu a forma estranha como Mary olhava para ele e se perguntou por que ela continuava balançando a cabeça.

— Qual é o problema, Mary? — perguntou ele. — É o calor?

— Não — disse Mary —, mas tem alguma coisa estranha acontecendo.

— O calor deixou Querida com dor de cabeça? — questionou o menino ansiosamente.

Mas não se tratava disso. Quando ele chegou à sua casa, havia um cupê parado diante da porta e sua mãe falava com alguém na sala de visitas. Mary o apressou a subir as escadas e a vestir seu melhor terno de verão de flanela creme, com um lenço vermelho na cintura, e penteou seus cabelos cacheados.

— Lorde, não é? — ele a ouviu dizer. — Oh! É ainda pior... conde também! Pobre de nós...

Tudo era de fato muito enigmático, mas ele tinha certeza de que sua mãe lhe diria o que significava toda aquela agitação, então, deixou que Mary se lamentasse sem fazer mais perguntas. Depois de vestido, desceu as escadas correndo e foi para a sala. Um senhor idoso, alto e magro, de rosto afilado, estava sentado em uma poltrona. Sua mãe estava por perto com lágrimas nos olhos e o rosto empalidecido.

— Oh! Ceddie! — gritou ela, correndo para o filho, abraçando-o e beijando-o de uma forma assustada. — Oh! Ceddie, querido!

O cavalheiro esbelto e de mais idade levantou-se da poltrona e olhou para Cedric com seus olhos penetrantes. Ele esfregou o queixo fino com a mão ossuda enquanto o observava e não parecia nem um pouco descontente com o que via.

— E então — disse ele por fim, lentamente — este é o pequeno lorde Fauntleroy!

CAPÍTULO II

Jamais houve um garotinho mais espantado do que Cedric durante a semana que se seguiu. Tudo lhe parecia estranho e surreal. Em primeiro lugar, a história que sua mãe havia lhe contado era extraordinária e ele teve de ouvi-la duas ou três vezes antes que pudesse entendê-la. O garotinho mal conseguia imaginar o que o sr. Hobbs iria pensar.

Tudo começou com uma história sobre condes. Seu avô, que ele nunca viu, era um conde, e seu tio mais velho, se não tivesse morrido ao cair do cavalo, também teria sido um conde com o tempo. Após a sua morte, seu outro tio teria sido um conde, se não houvesse morrido repentinamente, em Roma, vítima de uma febre. Depois disso, seu próprio pai, se estivesse vivo, teria sido um conde, mas, como todos eles morreram e restou apenas Cedric, parecia que *ele* quem viria a ser conde após a morte de seu avô e, portanto, desde já ele era lorde Fauntleroy.

A criança ficou pálida quando ouviu a notícia pela primeira vez.

— Oh, Querida! — disse o jovem garoto. — Prefiro não ser um conde. Nenhum dos outros meninos é conde. Posso simplesmente *não* ser um?

Mas parecia inevitável. Naquela noite, ele e sua mãe se sentaram juntos à janela aberta e, contemplando sua modesta rua, tiveram uma longa conversa sobre o assunto. Cedric sentou-se em seu banquinho, em sua posição favorita, segurando um dos joelhos, enquanto exibia um rostinho desnorteado e bastante ruborizado pelo esforço de pensar. Seu avô mandou chamá-lo para ir à Inglaterra, e sua mãe estava de acordo.

Olhando pesarosamente pela janela, sua mãe disse:

— Sei que seu pai gostaria que fosse assim, Ceddie. Ele amava muito sua terra natal e há muitas outras razões que um garotinho não conseguiria entender. Eu seria uma mãe muito egoísta se não concordasse com sua partida. Quando se tornar um homem, entenderá minhas razões.

Cedric balançou tristemente a cabeça.

— Terei muita pena de deixar o sr. Hobbs — disse ele. — Tenho medo de que ele sinta minha falta, pois eu sentirei muito a falta dele. Irei sentir saudades de todos.

Quando o sr. Havisham, advogado da família do conde de Dorincourt, enviado por ele para levar o pequeno lorde Fauntleroy para a Inglaterra, veio no dia seguinte, Cedric ouviu muitas coisas que não o empolgaram. De alguma forma, não o consolou saber que seria um homem muito rico quando crescesse e que teria grandes parques, minas profundas, imponentes propriedades, arrendatários e castelos aqui e acolá. O menino estava preocupado com seu amigo, o sr. Hobbs, e foi vê-lo na loja logo após o café da manhã, com receio de sua reação.

Ele o encontrou lendo o jornal da manhã e se aproximou do homem com uma postura séria. Tinha certeza de que seria um grande choque para o sr. Hobbs saber o que havia acontecido com ele e, a caminho da loja, ficou pensando qual seria a melhor maneira de lhe dar a notícia.

— Olá! — disse o sr. Hobbs. — Bom dia!

— Bom dia... — disse Cedric.

Ele não subiu no banquinho alto como de costume, mas sentou-se em uma caixa de biscoitos, segurou um dos joelhos e ficou calado por alguns momentos até o sr. Hobbs finalmente erguer os olhos interrogativamente por cima do jornal.

— Olá! — disse o merceeiro novamente.

Cedric reuniu toda a sua coragem e disse:

— Sr. Hobbs, lembra-se do que estávamos conversando ontem de manhã?

— Bem — respondeu o sr. Hobbs —, parece-me que foi sobre a Inglaterra.

— Sim — disse Cedric —, mas me refiro ao momento em que Mary veio me buscar, sabe?

O sr. Hobbs coçou a nuca.

— Mencionávamos a rainha Vitória e a aristocracia.

— Sim — disse Cedric, um tanto hesitante — e... e condes. Recorda-se?

— Ora, sim — respondeu o sr. Hobbs. — Falávamos sobre o que pensávamos a respeito deles. Isso mesmo!

Cedric corou até a franja encaracolada em sua testa. Nada em sua vida havia sido tão embaraçoso como este momento. Ele estava um pouco receoso de que pudesse ser uma situação difícil para o sr. Hobbs também.

— O senhor disse — continuou ele — que não os deixaria sentar em suas caixas de biscoitos.

— Pois disse! — retornou o sr. Hobbs, vigorosamente. — E repito! Deixe-os tentar para ver o que acontece!

— Sr. Hobbs — disse Cedric —, o senhor tem um deles sentado em uma de suas caixas neste exato momento!

O homem quase saltou da cadeira.

— O quê?! — exclamou o comerciante.

— Sim — anunciou o garotinho, com a devida modéstia. — Eu sou um conde, ou pelo menos serei um algum dia. Não quero enganá-lo.

O homem parecia agitado e se levantou de repente para examinar o termômetro.

— O calor afetou sua cabeça! — exclamou ele, voltando-se para examinar o semblante de seu jovem amigo. — Está um dia quente! Como está se sentindo? Está sentindo alguma dor? Quando começou a se sentir assim?

Ele colocou sua enorme mão na testa do menino. A situação estava ficando cada vez mais constrangedora.

— Obrigado — disse Cedric. — Estou bem. Não há nada de errado com a minha saúde. Lamento dizer que é verdade, sr. Hobbs. Foi por isso que Mary veio me levar para casa. O sr. Havisham estava dando a notícia a minha mamãe e ele é advogado.

O sr. Hobbs afundou em sua cadeira e enxugou o suor da testa com o lenço.

— Um de nós teve uma insolação! — afirmou ele.

— Não — respondeu Cedric. — Não tivemos. O sr. Havisham veio da Inglaterra para nos contar a respeito. Meu avô o mandou. Teremos de tirar o melhor proveito disso, sr. Hobbs.

O merceeiro olhou fixamente para aquele rostinho inocente e sério diante dele.

— Quem é seu avô? — indagou o homem.

Cedric colocou a mão no bolso e tirou cuidadosamente um pedaço de papel, no qual algo estava escrito em sua própria caligrafia, redonda e irregular.

— Eu não conseguiria lembrar facilmente deste nome, então o anotei aqui — disse ele.

E leu em voz alta lentamente:

— John Arthur Molyneux Errol, conde de Dorincourt. Esse é o nome dele, e ele mora em um castelo... acredito que em dois ou três. E meu papai, que morreu, era seu filho mais novo. Eu não deveria ter sido um lorde ou um conde se meu papai não tivesse morrido, e meu papai não teria sido um conde se seus dois irmãos não tivessem morrido. Mas todos eles se foram, e não resta mais ninguém além de mim, nenhum outro menino, e agora eu tenho de me tornar um nobre e meu avô mandou me buscar para ir à Inglaterra.

O comerciante parecia cada vez mais enrubescido. Enxugava a testa e a careca e respirava com dificuldade. Começou a perceber que algo muito notável havia acontecido, mas, quando olhou para o garotinho sentado na caixa de biscoitos, com a expressão inocente e ansiosa em seus olhos infantis, e viu que ele não havia mudado em nada, que era simplesmente o mesmo Cedric do dia anterior, um belo, alegre e corajoso menino de terno azul e fita vermelha no pescoço, todas as informações sobre a nobreza o confundiram. Ele ficou ainda mais perplexo porque Cedric deu-lhe a notícia com uma simplicidade deveras ingênua, claramente sem se dar conta de como tudo aquilo era estupendo.

— Co... como disse que era seu nome? — questionou o dono da mercearia.

— É Cedric Errol, lorde Fauntleroy — respondeu Cedric. — Foi assim que o sr. Havisham me chamou. Ele disse quando entrei na sala: "Este é o pequeno lorde Fauntleroy!".

— Ora! — disse o sr. Hobbs. — Raios me partam!

Essa era uma exclamação que ele sempre usava quando estava muito surpreso ou empolgado e não lhe ocorreu dizer mais nada naquele momento intrigante.

Cedric sentiu que era uma expressão bastante adequada. Seu respeito e afeto pelo sr. Hobbs eram tão grandes que admirou e aprovou todas as suas observações. O menino não conhecia o suficiente da sociedade para fazê-lo perceber que às vezes o merceeiro podia não ser muito convencional. Sabia, é claro, que era diferente de sua mãe, mas ela era uma dama, e ele tinha o conhecimento de que as damas sempre se diferiam dos cavalheiros.

O menino então olhou para o sr. Hobbs melancolicamente.

— A Inglaterra está muito longe, não é mesmo? — perguntou.

— É do outro lado do oceano Atlântico — respondeu o sr. Hobbs.

— Essa é a pior parte — disse Cedric. — Talvez eu não consiga vê-lo novamente por um longo tempo. Não gosto de pensar nisso, sr. Hobbs.

— Às vezes, os melhores amigos precisam se separar — disse o dono da mercearia.

— Bem... — desabafou Cedric — somos amigos há muitos anos, não é?

— Desde que você nasceu — respondeu o homem — Você tinha cerca de seis semanas quando saiu pela primeira vez nesta rua.

— Ah! — comentou o garotinho de cabelos encaracolados, com um suspiro. — Nunca pensei que seria obrigado a ser um conde!

— Há alguma possibilidade de escapar disso?

— Receio que não — respondeu ele. — Minha mamãe diz que esta seria a vontade do meu papai. Mas, se tiver de ser um conde, há uma coisa que posso fazer: tentarei ser um bom conde. Não serei um tirano. E, se houver outra guerra contra a América, tentarei impedi-la.

Sua conversa com o sr. Hobbs foi longa e séria. Depois de superar o choque inicial, o comerciante pareceu estar mais resignado com a situação. Começou a fazer muitas perguntas e, como Cedric só conseguiu responder a algumas delas, o homem se esforçou para que ele mesmo lhes respondesse, já que conhecia um pouco sobre o assunto de condes, marqueses e propriedades nobres. Ele explicou muitas coisas de uma forma que provavelmente teria surpreendido o sr. Havisham se ouvisse o quanto aquele cavalheiro sabia sobre o assunto.

Mas havia muitas outras coisas que deixavam o sr. Havisham de fato espantado. Ele passou toda a sua vida na Inglaterra e não estava acostumado ao povo americano e seus hábitos. Ele estivera profissionalmente ligado à família do conde de Dorincourt por quase quarenta anos e sabia tudo sobre suas grandes propriedades, sua enorme riqueza, importância e, de uma forma fria e profissional, sentia interesse por aquele garotinho que, no futuro, seria o dono e senhor de todos os bens familiares, o futuro conde de Dorincourt. Ele tinha conhecimento da decepção do velho conde com seus filhos mais velhos e da fúria que o casamento do capitão Cedric com a americana lhe despertou. Também sabia que o conde ainda odiava a doce viúva e sequer mencionava seu nome exceto com palavras duras e cruéis insistindo que ela não passava de uma americana vulgar que havia convencido seu filho a se casar com ela porque sabia que ele era filho de um conde.

O próprio velho advogado foi levado a acreditar que tudo isso era verdade. Ele tinha lidado com muitas pessoas egoístas e mercenárias em sua vida e não tinha uma opinião favorável sobre os americanos. Quando chegou à modesta rua e seu cupê parou diante da pequena casa, o homem ficou chocado. Parecia realmente terrível pensar que o futuro proprietário dos castelos de Dorincourt, Wyndham Towers, Chorlworth e tantos outros esplendores imponentes teria nascido e sido criado em uma casa insignificante em uma rua com uma espécie de mercearia na esquina.

Ele se perguntou que tipo de criança o menino seria, e que tipo de mãe ele teria. Preferia não ter de lidar com os dois. Orgulhava-se da nobre família, cujos negócios jurídicos conduziu por tanto tempo, e seria muito desconfortável para ele se fosse obrigado a administrar a vida de uma mulher que lhe parecia uma pessoa interesseira e ignorante, sem qualquer respeito pelo país de seu finado esposo e pela dignidade do nome da família pelo qual o próprio sr. Havisham tinha grande reverência, embora fosse apenas um profissional frio e perspicaz.

Quando Mary o conduziu até a pequena sala de estar, o advogado olhou ao redor criticamente. Era um ambiente mobiliado com simplicidade, mas de aparência aconchegante. Não havia quadros ou ornamentos comuns ou baratos. Os poucos adornos nas paredes eram de bom gosto e, em volta do cômodo, havia muitas coisas de bom gosto que somente a mão de uma mulher poderia ter feito.

"Nada mal até agora", disse a si mesmo. "Mas talvez o gosto do capitão predominasse no ambiente."

Todavia, quando a sra. Errol entrou no recinto, ele começou a pensar que ela deveria estar em conformidade com o marido e, se não fosse um velho cavalheiro, contido e rígido, provavelmente teria se surpreendido ao vê-la, pois parecia mais uma menina do que a mãe de um garoto de sete anos. Trajando um vestido preto simples que se ajustava bem à sua figura esguia, tinha um belo rosto, jovem, porém com semblante abatido e um olhar muito terno, inocente e melancólico em seus grandes olhos castanhos, o olhar triste que nunca deixou seu rosto desde a morte de seu marido.

Cedric estava acostumado a ver esse olhar. As únicas vezes em que viu sua consternação desaparecer foram quando estava brincando ou conversando com ela e dizia-lhe alguma coisa antiquada ou empregava alguma palavra de longa extensão que tinha aprendido no jornal ou em suas conversas com sr. Hobbs. O garoto apreciava usar palavras compridas e sempre ficava satisfeito quando elas a faziam rir, embora não conseguisse entender por que eram engraçadas, pois eram assuntos muito sérios para ele.

A experiência do advogado o ensinou a reconhecer o caráter das pessoas com muita astúcia e, assim que viu a mãe de Cedric, soube que o velho conde havia cometido um grande erro ao considerá-la uma mulher vulgar e mercenária. O sr. Havisham nunca foi casado, nem mesmo se apaixonou, mas constatou que aquela jovem e bela criatura de voz doce e olhos tristes se casou com o capitão Errol apenas porque o amava com todo o seu coração afetuoso e jamais pensaria em tirar vantagem do filho de um conde. Imediatamente viu que não teria problemas com ela e começou a sentir que talvez o pequeno lorde Fauntleroy fosse digno de pertencer à sua nobre família, afinal. O capitão foi um sujeito bem-apessoado, a jovem mãe era muito bonita, e talvez o menino se tornasse um belo rapaz.

Quando ele disse à sra. Errol a que veio, seu rosto empalideceu.

— Oh! — disse ela. — Terei de ficar longe do meu filhinho? Nós nos amamos muito! Ele é uma felicidade para mim e é tudo o que tenho. Tentei ser uma boa mãe para ele — sua jovem e doce voz tremeu e lágrimas escorreram de seus olhos. — O senhor não sabe o que ele tem sido para mim!

O advogado pigarreou.

— É minha obrigação informá-la de que o conde Dorincourt não é... não é muito favorável em relação a sua pessoa. Ele é um homem de idade e seus preconceitos estão muito enraizados. Sempre detestou especialmente os Estados Unidos e os americanos e ficou muito contrariado com o casamento do filho. Lamento ser o portador de um comunicado tão desagradável, mas ele, ao menos por ora, não deseja vê-la. Ele quer que o pequeno lorde Fauntleroy vá viver com ele e seja educado sob sua própria supervisão. Portanto, é provável que o lorde Fauntleroy viva principalmente no Castelo de Dorincourt, onde o conde passa muito tempo. Ele sofre de gota e não gosta de Londres. Sendo assim, está lhe oferecendo Court Lodge, uma pequena residência com uma localização agradável que não fica muito longe do castelo. Oferece-lhe também uma renda adequada. Lorde Fauntleroy terá permissão para visitá-la. A única condição é que não deve visitá-lo nem ultrapassar os portões da propriedade. Como vê, não será realmente separada de seu filho, e eu lhe asseguro, cara senhora, os termos não são tão severos quanto... poderiam ter sido. Creio que a senhora percebe que as vantagens de tal ambiente e educação serão muito grandes para o lorde Fauntleroy.

O advogado se sentiu um pouco desconcertado, temendo que, a qualquer momento, a jovem viúva começasse a chorar ou a fazer uma cena, como algumas mulheres teriam feito, o que o teria deixado constrangido e irritado. No entanto, ela não o fez. Foi até a janela e ficou alguns momentos com o rosto voltado para o lado, e ele percebeu que ela estava tentando se recompor.

— O capitão Errol gostava muito de Dorincourt — disse a americana, por fim. — Ele amava a Inglaterra e tudo que fosse inglês. Sempre foi um infortúnio para ele ter se afastado de seu lar, pois tinha orgulho de suas origens e nome. Estou certa de que ele ficaria imensamente satisfeito se seu filho conhecesse aqueles belos lugares antigos e fosse criado de uma forma digna e adequada para sua posição futura.

A mulher retornou então à mesa e fixou o olhar gentil no sr. Havisham.

— Meu marido gostaria disso — disse ela. — Será melhor para o meu filho. Sei disso... tenho certeza de que o conde não seria tão cruel a ponto de tentar ensiná-lo a não me amar, e eu sei que, mesmo se tentasse, meu filho é muito parecido com o pai para ser influenciado. Cedric tem uma natureza afetuosa, fiel e um coração verdadeiro. Ele me amaria mesmo que não tivéssemos mais contato e, enquanto pudermos nos ver, irei suportar sua ausência.

"Ela pensa muito pouco em si mesma", concluiu o advogado. "Não faz nenhuma exigência para si."

— Cara senhora — disse o cavalheiro em voz alta —, respeito sua consideração por seu filho. Ele irá lhe agradecer por isso quando se tornar um homem. Garanto-lhe que lorde Fauntleroy será educado com muito zelo e todos os esforços serão empregados para assegurar sua felicidade. O conde de Dorincourt preza pelo conforto e bem-estar da criança tanto quanto a senhora.

— Espero — disse a pobre e terna mãezinha, com uma voz um tanto trêmula — que o avô se afeiçoe ao neto. O menino tem uma natureza muito afetuosa e sempre foi amado por todos.

O sr. Havisham pigarreou novamente. Não conseguia imaginar o velho conde de temperamento explosivo e coração duro se afeiçoando a quem quer que fosse, mas ele sabia que seria de seu interesse ser gentil com a criança que viria a ser sua herdeira. Sabia também que, se Cedric se mostrasse à altura de seu nome, o avô ficaria orgulhoso dele.

— Lorde Fauntleroy será muito bem recebido, tenho certeza — respondeu ele. — Foi pensando na felicidade dele que o conde desejou que a senhora estivesse perto o suficiente para vê-lo com frequência.

Decerto, o advogado não achou prudente repetir as palavras exatas que o conde usou, que, na verdade, não eram nem educadas nem amáveis. O sr. Havisham preferia expressar a oferta de seu nobre cliente em uma linguagem mais suave e cortês.

O advogado ficou mais uma vez espantado quando a sra. Errol pediu à criada que encontrasse seu filho e o trouxesse até ela, e Mary disse onde ele estava com muita naturalidade:

— Vou pegar o menino na mercearia, senhora — disse ela. — Ele deve estar sentado naquele banco alto, conversando com o sr. Hobbs sobre política, mas o mais provável é que esteja se divertindo entre os sacos de batata e as caixas de vela, tranquilo como sempre.

— O sr. Hobbs o conhece desde que nasceu — disse a sra. Errol ao advogado. — Ele é muito gentil com Ceddie e existe uma grande amizade entre eles.

Recordando-se do vislumbre que teve da loja ao passar por ela, e tendo uma lembrança dos barris de batatas, das maçãs e das várias bugigangas, o sr. Havisham sentiu suas dúvidas surgirem novamente. Na Inglaterra, os filhos dos fidalgos não faziam amigos nas mercearias e tal atitude lhe parecia bastante singular. Seria muito inapropriado se a criança adquirisse maus modos e uma disposição para gostar de más companhias. Uma das mais amargas humilhações na vida do velho conde foi que seus dois filhos mais velhos gostavam de pessoas de condição inferior. "Será"... pensou ele, "que esse menino compartilhava das más qualidades dos tios em vez das nobres qualidades de seu pai?"

Enquanto falava com a sra. Errol, estava pensando desconfortavelmente sobre isso, até que a porta se abriu e a criança entrou. O advogado realmente hesitou por um momento antes de olhar para Cedric. Essa atitude teria, talvez, parecido um tanto estranha para as muitas pessoas que conheciam o pequenino. E mais excêntrico seria se pudessem ver as curiosas sensações que o sr. Havisham sentiu assim que pousou os olhos na criança, que correu para os braços de sua mãe. O homem experimentou uma mistura de emoções bastante empolgantes e imediatamente reconheceu estar diante de um dos mais belos rapazes que já tinha visto.

Sua beleza era algo incomum. O garotinho tinha um corpinho forte, ágil e gracioso e um rosto bonito e masculino. Mantinha a cabeça erguida e se portava com ar de bravura. Era surpreendente como se parecia com o pai, herdou da mãe os cabelos dourados e os olhos castanhos, mas não havia nada de triste ou melancólico neles, eram olhos destemidos que pareciam nunca ter temido ou duvidado de nada em sua vida.

"Ele é o garotinho mais distinto e bonito que já vi", foi o que o sr. Havisham pensou, mas o que ele disse em voz alta foi simplesmente:

— E então este é o pequeno lorde Fauntleroy.

E, depois disso, sempre que encontrava o pequeno lorde Fauntleroy mais surpreso ficava.

O homem sabia muito pouco sobre crianças, embora tivesse visto muitas na Inglaterra, belos meninos e meninas de pele rosada rigorosamente cuidados por seus tutores e governantas e que às vezes eram tímidos e por vezes um pouco turbulentos, mas nunca interessantes o suficiente para um velho advogado cerimonioso e austero. Talvez seu interesse no destino do pequeno lorde Fauntleroy o fizesse notar Cedric mais do que a outras crianças. Mas, seja como for, ele certamente percebeu que o garoto chamava particularmente a sua atenção.

Cedric não sabia que estava sendo observado e apenas se comportou de maneira habitual. Ele apertou a mão do sr. Havisham com seu jeito amigável quando foram apresentados um ao outro e respondeu a todas as suas perguntas com a prontidão com que respondia ao sr. Hobbs. Ele não era tímido nem ousado e, quando o sr. Havisham estava conversando com sua mãe, o advogado percebeu que o pequenino ouvia a conversa com tanto interesse como se fosse um rapaz crescido.

— Ele parece ser um garotinho muito maduro — disse o sr. Havisham à mãe de Cedric.

— Em certos aspectos, ele é — respondeu ela. — Sempre teve facilidade em aprender e conviveu muito com os adultos. Meu filho tem o curioso hábito de usar palavras longas e expressões difíceis que lê nos livros ou que ouviu outras pessoas usarem, mas gosta muito de brincadeiras infantis. Ele é de fato bastante inteligente, mas às vezes é um garotinho que faz muita traquinagem.

Quando o encontrou novamente, o sr. Havisham constatou que aquilo que a americana disse era verdade. Ao dobrar a esquina com seu cupê, avistou um grupo de meninos evidentemente muito animados. Dois deles estavam prestes a participar de uma corrida, e um deles era seu jovem futuro conde, gritando e fazendo tanto alarde quanto o mais barulhento de seus companheiros. Ele estava lado a lado com outro menino com uma das pernas à frente da outra.

— Preparar! — gritou o iniciador. — Apontar! Fogo!

O sr. Havisham se viu debruçado sobre janela de seu cupê com um curioso sentimento de interesse. Ele realmente não se lembrava de ter visto nada parecido com a maneira como aquelas perninhas nobres se puseram em prontidão e rasgaram o chão assim que foi dada a largada. Com os punhos cerrados e o rosto contra o vento, o menino tinha seus cabelos brilhantes esvoaçando para atrás.

— Força, Ced Errol! — comemoravam todos os meninos, dançando e gritando de excitação. — Força, Billy Williams! Corra, Ceddie! Corra, Billy! Vai! Vai!

— Estou certo de que ele irá vencer a corrida — afirmou o sr. Havisham.

O movimento rápido de suas pernas, agitando-se para cima e para baixo, os gritos dos meninos e os selvagens esforços de Billy Williams, cujas pernas aquecidas por meias marrons estavam páreo a páreo com as pernas trajadas com meias vermelhas do pequeno lorde, fizeram-no sentir alguma emoção.

— Eu realmente... realmente não posso deixar de torcer para que ele ganhe! — disse o homem, com uma espécie de tosse apologética.

Naquele momento, o grito mais eufórico de todos veio do grupo dos meninos que dançavam e pulavam. Com um último salto frenético, o futuro conde de Dorincourt alcançou o poste no final do quarteirão e o tocou, apenas dois segundos antes de Billy Williams se lançar sobre ele, ofegante.

— Três vivas para Ceddie Errol! — gritaram os meninos. — Viva Ceddie Errol!

O sr. Havisham encostou a cabeça na janela de seu cupê e, em seguida, recostou-se no banco com um sorriso seco.

— Bravo, lorde Fauntleroy! — disse o inglês.

Quando seu cupê parou diante da porta da casa da sra. Errol, vencedor e vencido vinham em sua direção, acompanhados pelos clamorosos torcedores. Cedric vinha conversando com Billy Williams e seu rostinho, exultante, estava muito vermelho, com os cachos grudados na testa quente e úmida, e as mãos nos bolsos.

— Veja — vinha ele dizendo, evidentemente com a intenção de tornar a derrota menos dolorosa para seu rival malsucedido—, acredito que venci porque minhas pernas são um pouco mais longas do que as suas. Eu acho que foi isso. Ora, sou três dias mais velho do que você, e isso me dá uma vantagem. Estou três dias à frente.

E essa perspectiva do caso pareceu alegrar tanto Billy Williams que o garoto voltou a sorrir para o mundo e até se sentiu capaz de se gabar um pouco, quase como se tivesse vencido a corrida em vez de tê-la perdido.

De alguma forma, Cedric Errol tinha um jeito de fazer as pessoas se sentirem confortáveis. Mesmo em meio aos entusiasmos de seus triunfos, lembrava-se de que a pessoa derrotada poderia não estar se sentindo tão alegre quanto ele e poderia gostar de pensar que, sob diferentes circunstâncias, seria o vencedor.

Naquela manhã, o sr. Havisham teve uma longa conversa com o vencedor da corrida que o fez sorrir e esfregar o queixo com a mão ossuda várias vezes.

A sra. Errol se retirou da sala, e o advogado e Cedric foram deixados sozinhos. A princípio, o sr. Havisham se perguntou o que deveria dizer ao seu pequeno companheiro. Imaginou que talvez fosse melhor ir preparando Cedric para o encontro com seu avô e, talvez, para a grande mudança que estava por vir. Era perceptível que Cedric não tinha a menor ideia de que tipo de vida teria quando chegasse à Inglaterra, ou que tipo de lar o aguardava. O menino nem sabia ainda que sua mãe não iria morar na mesma casa que ele. A mãe e o advogado concordaram que seria melhor deixá-lo superar o primeiro choque antes de contar a ele.

O sr. Havisham estava sentado em uma poltrona ao lado da janela aberta. Do outro lado, havia outra cadeira ainda maior, e Cedric sentou-se nela e olhou para o advogado. O garoto recostou-se bem no fundo de seu assento e colocou a cabeça encaracolada contra o encosto acolchoado, as pernas cruzadas e as mãos enfiadas nos bolsos, de um jeito bem parecido com o do sr. Hobbs. Ele esteve observando o advogado com muita atenção enquanto sua mãe estava no cômodo e, depois que ela saiu, continuou a encará-lo com uma expressão respeitosa.

Houve um breve silêncio e Cedric parecia estar estudando o sr. Havisham, e o sr. Havisham certamente estava estudando Cedric. Ele não conseguia decidir o que um cavalheiro idoso deveria dizer a um menino que ganhava corridas, usava calças curtas e meias vermelhas, e tinha pernas que não eram longas o suficiente para ficarem penduradas em uma cadeira grande quando se recostasse nela.

Mas Cedric repentinamente quebrou o silêncio iniciando a conversa:

— Acredita que não sei o que significa ser um conde?

— Não sabe? — disse o sr. Havisham.

— Não — respondeu Ceddie. — E penso que, quando um menino está prestes a se tornar um, ele deve saber o que isso significa, não é mesmo?

— Bem... sim — respondeu o cavalheiro.

— O senhor se importaria... — disse Cedric respeitosamente — de me *esclaracer* (às vezes, quando o garotinho usava palavras compridas, não as pronunciava corretamente) o que torna alguém um conde?

— A princípio, um rei ou uma rainha atribui o título de conde a uma pessoa que prestou algum serviço a seu soberano ou realizou algum grande feito — disse o sr. Havisham.

— Oh! — disse Cedric. — Então é como um Presidente.

— É mesmo? — disse o advogado. — É assim que seus presidentes são eleitos?

— Sim — respondeu Cedric alegremente. — Quando um homem é muito bom e muito sábio, é eleito presidente. Ocorrem procissões à luz de tochas, bandas tocam e todos fazem discursos. Eu costumava pensar que talvez pudesse ser um presidente, mas nunca me imaginei como um conde. Na verdade, eu nem sabia da existência deles — disse ele, um tanto apressadamente, para que o sr. Havisham não achasse falta de educação não ter desejado ser um —, se eu soubesse, atrevo-me a dizer que gostaria de ser um.

— É bem diferente de ser um presidente — disse o inglês.

— De que forma? — perguntou o garotinho de cabelos encaracolados. — Qual é a diferença? Não há procissões de tochas?

O sr. Havisham cruzou as próprias pernas, juntou cuidadosamente as pontas dos dedos e concluiu que talvez tivesse chegado a hora de explicar as coisas com mais clareza.

— Um conde é... é uma pessoa muito importante — começou.

— Um presidente também é! — argumentou Cedric. — As procissões com tochas têm oito quilômetros de extensão, disparam foguetes e a banda toca! O sr. Hobbs me levou para assistir a elas.

— Um conde — continuou o sr. Havisham, sentindo-se um tanto inseguro quanto ao rumo que deveria levar a conversa — costuma ser alguém de linhagem muito antiga...

— O que isso quer dizer? — perguntou o garotinho.

— Que ele descende de uma família muito antiga... extremamente antiga.

— Ah! Suponho que seja assim como ocorre com a vendedora de maçãs perto do parque — constatou Cedric, enfiando as mãos mais fundo nos bolsos. — Ouso dizer que ela é de *linagem* antiga. Ela é tão idosa que o senhor ficaria surpreso como ela consegue se levantar. Deve ter uns cem anos, creio eu, e ainda assim está lá fora até nos dias mais chuvosos. Sinto muito por ela e pelos outros meninos também. Certa vez, Billy Williams tinha conseguido juntar quase um dólar e eu pedi a ele que comprasse dela cinco centavos em maçãs todos os dias até que tivesse gasto todo o dinheiro. Isso completaria vinte dias, porém ele se fartou de maçãs em apenas uma semana. Então, por sorte, um cavalheiro me deu cinquenta centavos e eu pude comprar as maçãs da senhora em seu lugar. Uma pessoa tão desprovida de posses e de uma *linagem* tão antiga é digna de pena. Ela diz que seus ossos são o motivo de suas dores e nos dias chuvosos tudo piora.

O sr. Havisham sentiu-se meio perdido ao olhar para o rostinho sério e inocente de seu companheiro.

— Receio que você não tenha me entendido bem — explicou o homem. — Quando eu disse "linhagem antiga", não quis dizer idade avançada, mas que o nome dessa família é conhecido no mundo há muito tempo, quiçá por centenas de anos, e, muitas vezes, membros dessa família fizeram parte da história de seu país.

— Como George Washington — concluiu o garotinho de cabelos encaracolados. — Ouço falar dele desde que nasci, e ele era conhecido muito antes disso. O sr. Hobbs diz que o presidente Washington nunca será esquecido. Isso é por causa da Declaração de Independência e do Quatro de Julho. Ele foi um homem muito corajoso.

— O primeiro conde de Dorincourt — observou o advogado solenemente — foi nomeado há quatrocentos anos.

— Bem, bem! — disse Cedric. — Isso foi há muito tempo! O senhor contou isso a Querida? Isso a *intressaria* muito. Contaremos quando ela retornar. Mamãe sempre gosta de ouvir histórias sobre a nobreza. O que mais um conde faz depois de ser nomeado?

— Muitos deles ajudaram a governar a Inglaterra. Alguns foram homens corajosos e lutaram em grandes batalhas nos velhos tempos.

— Eu gostaria de fazer isso — disse Cedric. — Meu papai era um soldado e um homem muito corajoso... tão corajoso quanto George Washington. Talvez fosse porque ele teria sido um conde se não tivesse morrido. Estou feliz que os condes sejam corajosos. Ser um homem valente é uma grande vantagem. Eu costumava ter um pouco de medo do escuro... mas me curei quando pensei nos soldados da Revolução e em George Washington.

— Há outra vantagem em ser um conde... — mencionou o cavalheiro de modo vago, fixando seus olhos astutos no menino com uma expressão bastante curiosa. — Alguns condes têm muito dinheiro.

Ele estava curioso porque gostaria de saber se seu jovem amigo sabia qual era o poder do dinheiro.

— É uma coisa boa de se ter — disse a criança inocentemente. — Eu gostaria de ter muito dinheiro.

— Você? — questionou o sr. Havisham. — E para quê?

— Bem... — explicou o futuro conde — há tantas coisas que uma pessoa pode fazer com dinheiro. Se eu fosse muito abastado, compraria para a vendedora de maçãs um pequeno toldo para se abrigar e um pequeno fogão para se aquecer, e então eu daria um dólar a ela sempre que chovesse, para que não precisasse deixar sua casa. E então... oh! Eu daria a ela um xale para se aquecer e não sentir tanta dor em seu corpo. Seus ossos não são como os nossos, eles a machucam quando ela se movimenta. Deve ser muito doloroso viver nessas condições. Se eu fosse rico o suficiente para fazer todas essas coisas por ela, creio que seus ossos não a incomodariam tanto.

— Certo! — disse o sr. Havisham. — E o que mais você faria se fosse rico?

— Oh! Eu faria muitas coisas. Naturalmente, iria comprar para Querida todos os tipos de adornos, agulhas, leques, dedais e anéis de ouro, uma enciclopédia e uma carruagem para que ela não precisasse esperar pelos bondes. Se mamãe gostasse de vestidos de seda rosa, compraria alguns para ela, mas ela gosta mais de preto. Então eu a levaria às grandes lojas e lhe diria para olhar em volta e escolher por si mesma. E depois pensaria em Dick.

— Quem é Dick? — perguntou o sr. Havisham.

— Dick é um engraxate — disse seu jovem senhor, bastante entusiasmado com seu interesse por planos tão emocionantes. — É um dos melhores engraxates que conheço. Ele fica na esquina de uma rua no centro da cidade. Eu o conheço há anos. Uma vez, quando eu era bem pequeno, eu estava passeando com minha mamãe e ela me comprou uma linda bola que escorregou das minhas mãos e quicou indo parar no meio da rua, onde estavam as carruagens e os cavalos, e fiquei muito desapontado.

Comecei a chorar... era muito pequeno. Dick, que estava engraxando os sapatos de um homem, disse: "Pode deixar. Eu pego!". E correu entre os cavalos, pegou a bola e a limpou com seu casaco, entregando-me em seguida. Depois ele disse: "Está tudo bem, jovenzinho". Minha mamãe o aprecia muito, e eu também, e, desde então, quando vamos ao centro da cidade, conversamos com ele. Ele diz "Olá!" e eu digo "Olá!" e então jogamos conversa fora e ele me conta como está o comércio. Ultimamente não tem andado bem.

— E o que você gostaria de fazer por ele? — perguntou o advogado, esfregando o queixo e sorrindo de um jeito estranho.

— Bem — disse lorde Fauntleroy, acomodando-se em sua cadeira um tanto envaidecido —, eu compraria a parte de Jake.

— E quem é Jake? — perguntou o sr. Havisham.

— Ele é o parceiro de Dick nos negócios e o pior sócio que alguém poderia ter! Dick me relata isso. Jake não é bom para os lucros. Ele é desonesto, trapaceia, e isso deixa Dick furioso. O senhor ficaria constantemente frustrado se estivesse polindo botas com o máximo de emprenho, sendo honesto o tempo todo, e seu parceiro agisse exatamente de modo contrário. As pessoas gostam de Dick, mas não gostam de Jake, então, muitas delas não retornam. Por isso, se eu fosse rico, compraria a parte de Jake e daria a Dick uma placa escrito "chefe", pois ele diz que uma placa de "chefe" ajuda muito nos negócios. Também compraria para ele algumas latas de graxa e escovas novas, para recomeçar. Ele diz que tudo o que quer é trabalhar por conta própria.

Não poderia haver nada mais confiante e inocente do que a maneira como o pequeno futuro conde contava suas histórias, citando fragmentos do vocabulário de seu amigo Dick com a mais sincera boa-fé. O garotinho parecia não ter a menor dúvida de que o advogado estaria tão interessado quanto ele próprio no assunto. E, na verdade, o sr. Havisham estava começando a ficar muito interessado, talvez não tanto em Dick e na vendedora de maçãs, mas naquele gentil e pequeno lorde, cuja cabeça cheia de cachos estava tão ocupada com bons planos para ajudar seus amigos que parecia de alguma forma ter se esquecido completamente de si mesmo.

— Existe alguma coisa... — começou o inglês — que compraria para si mesmo se fosse rico?

— Muitíssimas coisas! — respondeu lorde Fauntleroy vivamente. — Mas, primeiro, daria a Mary alguma quantia em dinheiro para dar à sua irmã Bridget, que tem doze filhos e um esposo desempregado. Bridget sempre vem aqui se lamuriar. Querida costuma dar-lhe uma cesta cheia de coisas, e então ela chora de novo e diz: "Deus a abençoe, bela senhora". Acredito também que o sr. Hobbs gostaria de ter um relógio com uma corrente de ouro para lembrar-se de nossa amizade e um belo cachimbo. E, com relação a mim, eu gostaria de abrir uma sociedade.

— Uma sociedade? — exclamou o sr. Havisham.

— Sim, como um comício republicano — explicou o garotinho, ficando bastante animado. — Haveria tochas e uniformes para todos os meninos e para mim também. E nós marcharíamos e faríamos treinos militares. Isso é o que eu gostaria para mim, se eu fosse rico.

A porta se abriu e a sra. Errol entrou.

— Lamento ter sido obrigada a deixá-lo por tanto tempo — disse ela ao sr. Havisham —, mas uma pobre mulher, que está em grande dificuldade, veio me ver.

— Este jovem cavalheiro — disse o advogado — tem me contado sobre alguns de seus amigos e o que ele faria por eles se fosse rico.

— Bridget é uma de suas amigas — disse a sra. Errol. — E é com ela que eu estava falando na cozinha. Ela está passando por um período difícil agora porque seu marido está com febre reumática.

Cedric deslizou para descer de sua grande cadeira.

— Acho que vou cumprimentá-la — disse ele — e perguntar como seu esposo está. Ele é um bom homem. Sou grato a ele porque uma vez me fez uma espada de madeira. Ele é um homem muito habilidoso.

Cedric saiu correndo da sala e o sr. Havisham se levantou da cadeira. Ele parecia ter algo em mente que gostaria de falar. Ele hesitou por um momento e então disse, olhando para a sra. Errol:

— Antes de deixar o Castelo de Dorincourt, tive uma conversa com o conde na qual ele me deu algumas instruções. Ele deseja que seu neto anseie por algum prazer em sua vida futura na Inglaterra e também por conhecê-lo. Disse que eu deveria informar sua pessoa de que a mudança em sua vida lhe traria dinheiro e os prazeres de que as crianças desfrutam.

Se ele expressasse qualquer desejo, eu deveria atendê-lo e dizer-lhe que foi seu avô que o obsequiou. Estou ciente de que o conde não esperava nada parecido com isso, mas, se lorde Fauntleroy tivesse prazer em ajudar esta pobre mulher, creio que o conde ficaria descontente se ele não ficasse satisfeito.

Pela segunda vez, o advogado não repetiu as palavras exatas do conde. Seu cliente tinha, na realidade, dito:

— Faça a criança entender que posso dar a ela tudo o que quiser. Compre tudo o que o menino desejar e mostre o que é ser neto do conde de Dorincourt. Deixe-o ter dinheiro nos bolsos e diga a ele que seu avô foi quem o colocou lá.

Seus motivos estavam longe de serem nobres e, se o fidalgo estivesse lidando com uma natureza menos afetuosa e caridosa do que a do pequeno lorde Fauntleroy, um grande mal poderia ter acontecido. A mãe de Cedric era muito amável para suspeitar de qualquer má intenção, acreditava que talvez isso significasse que o velho solitário e infeliz, cujos filhos estavam mortos, desejava ser gentil com seu neto e conquistar seu amor e confiança. Ela ficou muito satisfeita em pensar que Ceddie seria capaz de ajudar Bridget e que o primeiro resultado da estranha fortuna herdada por seu filho foi que ele poderia fazer algo bom para aqueles que mais necessitavam. Com isso, seu belo rosto jovem se iluminou.

— Oh! — exclamou a americana. — Isso foi muito gentil da parte do conde, Cedric ficará tão feliz! Ele sempre gostou de Bridget e Michael. São pessoas merecedoras, e eu, muitas vezes, desejei ter podido ajudá-los mais. Michael era um homem trabalhador quando sadio, mas está enfermo há muito tempo e precisa de remédios caros, roupas quentes e alimentos nutritivos. Certamente saberão empregar bem o dinheiro que lhes será doado.

O sr. Havisham colocou a mão magra no bolso da camisa e tirou uma volumosa carteira. Havia uma expressão estranha em seu rosto anguloso. A verdade era que ele estava se perguntando o que o conde de Dorincourt diria quando soubesse qual foi o primeiro desejo atendido de seu neto. Ele se perguntou o que o velho nobre egocêntrico pensaria disso.

— Não sei se a senhora percebeu — disse ele — que o conde de Dorincourt é um homem extremamente rico. Ele pode se dar ao luxo de satisfazer qualquer capricho do neto. E, obedecendo às ordens recebidas, se a senhora me permitir, darei ao lorde Fauntleroy cinco libras esterlinas para que entregue a essas pessoas.

— Isso daria vinte e cinco dólares! — exclamou a sra. Errol. — Parecerá uma fortuna para eles. Mal posso acreditar que seja verdade.

— De fato — disse o cavalheiro, com seu sorriso seco. — Uma grande mudança ocorreu na vida de seu filho e uma quantidade significativa de poder estará em suas mãos.

— Oh! — admirou-se a mãe. — Mas ele é apenas um menino, ainda é muito jovem para isso. Como poderei ensiná-lo a usufruir de suas posses com sabedoria? Tenho medo de toda essa riqueza nas mãos do meu pequeno Ceddie!

O advogado pigarreou ligeiramente. Seu velho coração mundano e duro se comoveu ao ver o olhar terno e tímido nos olhos castanhos da americana.

— Creio, senhora — disse o homem —, que a julgar pela minha conversa com lorde Fauntleroy esta manhã, o próximo conde de Dorincourt pensará muito nos outros, sendo ele uma nobre pessoa. Sei que é apenas uma criança ainda, mas acho que saberá fazer bom uso de sua fortuna.

Então sua mãe foi até Cedric e o trouxe de volta para a sala. O sr. Havisham pôde ouvi-lo falar antes de entrar no cômodo.

— É um reumatismo *infamatório* — dizia o garotinho —, esse é um tipo terrível de reumatismo. Ele se desespera ao pensar que o aluguel não está sendo pago, e Bridget diz que isso só piora a situação. Pat poderia conseguir um emprego em uma loja se tivesse algumas roupas.

Seu rostinho parecia bastante ansioso quando entrou, pois sentia muito por Bridget.

— Minha mamãe disse que o senhor queria falar comigo — disse Ceddie ao sr. Havisham. — Eu estava conversando com Bridget.

O sr. Havisham olhou para ele por um momento e se sentiu um pouco estranho, pois afinal, como a mãe de Cedric havia dito, ele era apenas uma criança.

— O conde de Dorincourt... — o inglês começou e, então, olhou involuntariamente para a sra. Errol.

A mãe do pequeno lorde Fauntleroy de repente se ajoelhou ao lado do filho e colocou os dois braços tenros ao redor de seu corpo infantil.

— Ceddie — disse ela —, o conde é o seu avô, o pai do seu papai. Ele é um homem muito, muito gentil e o ama muito. Seu desejo é que você o ame também, porque os filhos que tinha faleceram. Ele deseja que você seja feliz e que faça outras pessoas felizes. Sendo muito rico, deseja que você tenha tudo o que gostaria de ter e ordenou ao sr. Havisham que lhe desse muito dinheiro para que usasse para ajudar Bridget neste momento de dificuldade, o suficiente para pagar o aluguel e comprar tudo de que Michael precisa. O que acha, Ceddie? Seu avô é um homem muito bom.

E ela beijou o rosto rechonchudo da criança, que ficou corado logo que o menino entendeu o que estava acontecendo.

Cedric arregalou os olhos, olhando alternativamente para sua mãe e para o advogado.

— Posso usá-lo agora? — ele gritou. — Posso dar a ela neste minuto? Ela já está de saída...

O sr. Havisham entregou-lhe o dinheiro. Eram notas novas, em rolo. Ceddie correu em direção à cozinha, gritando:

— Bridget! — eles o ouviram gritar. — Bridget, espere um minuto! Tenho aqui uma quantia em dinheiro. É para poder pagar o aluguel. Meu avô quem me deu. É para seu uso e de Michael!

— Nossa! — gritou Bridget, com uma voz aterrorizada. — São vinte e cinco dólares! Onde está a sra. Errol?

— Acho que terei de ir lá explicar a ela — disse a mãe do menino.

O sr. Havisham foi deixado sozinho por um tempo. Ele foi até a janela e ficou olhando para a rua pensativamente. Ficou imaginando o velho conde de Dorincourt, sentado em sua grande, esplêndida e sombria biblioteca do castelo, vazia e solitária, cercado de grandeza e luxo, sem nunca ter sido realmente amado por alguém porque, em toda a sua longa vida, ele não tinha amado ninguém, exceto a si mesmo. Tinha sido egoísta, incompreensivo e arrogante. Importava-se tanto com o título de conde de Dorincourt e seus prazeres que não teve tempo de pensar em outras pessoas. Para ele, toda a sua riqueza e poder e os benefícios de seu nobre nome e alta posição serviam apenas para divertir e dar prazer a si mesmo. E agora que era um homem velho toda essa excitação e intolerância só lhe trouxeram problemas de saúde, irritabilidade e uma aversão ao mundo, que certamente também não gostava dele.

Apesar de todo o seu esplendor, nunca houve em toda a Inglaterra um velho nobre mais impopular do que o conde de Dorincourt, e dificilmente poderia haver outro mais solitário. Poderia organizar grandes caçadas, festas e jantares, mas ele sabia que, em segredo, as pessoas que aceitavam seus convites temiam seu velho rosto carrancudo e seus discursos sarcásticos e mordazes. Ele tinha uma língua cruel e uma natureza amarga e sentia prazer em zombar das pessoas, embaraçando-as quando tinha oportunidade de fazê-lo, pois não via problema em causar sofrimento àquelas que eram mais sensíveis, orgulhosas ou tímidas.

Enquanto olhava pela janela para a rua estreita e silenciosa, surgiu em sua mente, em nítido contraste, a imagem do rapazinho alegre e bonito sentado na poltrona e contando a história de seus amigos, Dick e a vendedora de maçãs, com seu jeito generoso, inocente e honesto. Em contraponto, pensou nas belas e majestosas propriedades, na riqueza e no poder para o bem ou para o mal que, com o passar do tempo, estariam naquelas pequenas mãos gorduchas do lorde Fauntleroy.

"Ele fará grande diferença...", pensou consigo mesmo. "Fará grande diferença!"

Mãe e filho logo voltaram e Cedric estava muito animado. Ele sentou-se em sua cadeira, entre a mãe e o advogado, e assumiu uma de suas posturas estranhas, com as mãos nos joelhos, ainda emocionado com o alívio e o êxtase de Bridget.

— Ela chorou! — relatou o futuro conde de Dorincourt. — Bridget disse que estava chorando de alegria! Nunca havia presenciado alguém chorar de alegria. Meu avô deve ser um homem muito bom. Eu não imaginava que ele era um homem tão caridoso. Ser conde é mais... mais agradável do que pensei que fosse. Estou quase MUITO feliz por ser um.

CAPÍTULO III

Na semana seguinte, a opinião de Cedric sobre as vantagens de ser conde melhorou muito. Parecia quase impossível para ele compreender que dificilmente havia algo que desejasse que não pudesse ser atendido facilmente. Na verdade, pode-se dizer que o garotinho não conseguia mensurar o poder que tinha em mãos. Mas, após algumas conversas com o sr. Havisham, entendeu que poderia satisfazer todos os desejos que estavam ao seu alcance e passou a realizá-los com tanta simplicidade e deleite que proporcionou ao sr. Havisham um grande desenfado. Na semana que antecedeu à sua partida para a Inglaterra, o menino realizou muitas tarefas curiosas. O advogado não se esqueceu mais da manhã em que foram juntos ao centro da cidade para visitar Dick e da tarde em que surpreenderam a vendedora de maçãs de linhagem antiga, parando diante de sua pequena banca e dizendo que ela teria um toldo, um fogão, um xale e uma quantia em dinheiro para ampará-la.

— Terei de ir para a Inglaterra para me tornar um lorde — explicou Cedric à amiga, de forma amável. — E não gostaria de me lembrar de seus doloridos ossos toda vez que chovesse. Os ossos do meu corpo nunca doem, então acredito que não sei o quanto os ossos de uma pessoa podem doer, mas me sinto solidário à sua condição e espero que melhore.

— Ela é uma vendedora de maçãs muito boa — disse ele ao inglês, enquanto se afastavam, deixando a idosa quase sem fôlego, sem acreditar em sua grande fortuna. — Uma vez, quando caí e cortei o joelho, ela me deu uma maçã de graça. Sempre me lembrei dela por isso.

Cedric sempre se lembrava das pessoas que eram gentis com ele e nunca lhe ocorreu que havia pessoas que poderiam esquecê-las.

A conversa com Dick foi bastante emocionante. Quando o encontraram, tinha acabado de ter vários aborrecimentos com Jake e estava desanimado e quase perdeu a fala quando Cedric anunciou calmamente que tinham vindo para dar a ele o que parecia algo muito importante e que resolveria todos os seus problemas. O sr. Havisham ficou muito impressionado com a franqueza de lorde Fauntleroy enquanto anunciava o motivo de sua visita de forma simples, sem cerimônia. A notícia de que seu velho amigo havia se tornado um lorde e de que havia possibilidade de se tornar conde caso vivesse o suficiente para tal fez Dick abrir tanto os olhos e a boca em meio à surpresa que seu gorro voou pelos ares. Quando o engraxate finalmente o pegou, soltou uma exclamação que o sr. Havisham achou singular, mas Cedric já a tinha ouvido antes.

— Você... — disse o homem, ainda estupefato — você deve estar brincando!

Isso claramente deixou Cedric um tanto constrangido, mas o futuro conde de Dorincourt se portou bravamente.

— A princípio, ninguém acredita — disse a criança. — Até o sr. Hobbs pensou que eu tivesse tido uma insolação. No começo, não achei que fosse gostar de meu destino, mas agora estou mais acostumado. Por enquanto ainda não sou conde, meu avô que é, e ele quer satisfazer todos os meus desejos. Ele é um conde muito gentil. Enviou-me muito dinheiro por meio do sr. Havisham, e eu trouxe a quantia necessária para que compre a parte de Jake.

Por fim, Dick realmente comprou a parte de Jake, uma placa, algumas escovas e roupas novas e se tornou o dono do negócio. O engraxate não podia acreditar em sua boa sorte, assim como a vendedora de maçãs de linhagem antiga não poderia acreditar na dela. O rapaz caminhava como se estivesse sonhando. Ele olhou para seu jovem benfeitor e sentiu como se pudesse acordar a qualquer momento e só voltou à realidade quando Cedric estendeu a mão para cumprimentá-lo antes de ir embora.

— Bem... adeus — despediu-se o pequenino. E, embora tentasse falar com firmeza, havia um pequeno tremor em sua voz enquanto piscava seus grandes olhos castanhos. — E espero que os negócios melhorem. Lamento ter de ir embora, mas talvez retorne quando for conde. E gostaria que me escrevesse, porque sempre fomos bons amigos. Se desejar, este é o endereço para onde deverá enviar sua carta.

E deu ao engraxate um pedaço de papel.

— E meu nome não é mais Cedric Errol, é lorde Fauntleroy. Adeus, Dick!

Dick piscou os olhos também, mas eles pareciam um tanto úmidos sobre os cílios. Ele não era um engraxate instruído, e acharia difícil dizer precisamente o que sentia naquele momento, se tivesse tentado. Talvez seja por isso que ele não tentou, apenas piscou os olhos e engoliu um nó na garganta.

— Eu... eu não queria que você fosse embora — disse com uma voz rouca.

Então, ele piscou os olhos novamente e olhou para o sr. Havisham tocando em seu gorro.

— Obrigado, senhor, por tê-lo trazido até aqui e pelo que fez. Ele é um homenzinho muito bom — acrescentou. — Eu tenho muita estima por este garotinho. Ele é um sujeitinho brincalhão e incomum.

Dick se levantou e com seus olhos mareados e um nó na garganta olhou para eles de uma forma atordoada, observando enquanto a pequena figura galante ia marchando alegremente ao lado do sr. Havisham.

Até o dia de sua partida, Cedric passou o máximo de tempo possível com o sr. Hobbs na mercearia. O sr. Hobbs estava triste e muito deprimido, de modo que teve dificuldade em demonstrar sua alegria quando seu jovem amigo lhe trouxe como presente de despedida um relógio com uma corrente de ouro. Ele colocou a caixa sobre o joelho robusto e assoou o nariz com agressividade várias vezes.

— Tem algo escrito dentro da caixa — disse Cedric. — Eu mesmo as ditei: "De seu maior e mais antigo amigo, lorde Fauntleroy". Quando ler isso, lembre-se de mim. Eu não quero que o senhor se esqueça de nossa amizade.

O sr. Hobbs assoou o nariz muito alto novamente.

— Jamais o esquecerei — disse ele, falando com sua voz um pouco rouca, assim como Dick. — Também não me esqueça quando chegar à aristocracia britânica.

— Eu nunca irei me esquecer do senhor onde quer que eu esteja — respondeu o pequeno lorde. — Passei muitas horas felizes aqui. Pelo menos, algumas das minhas horas mais felizes. Espero que venha me visitar algum dia. Tenho certeza de que meu avô ficaria muito satisfeito. Talvez ele escreva convidando-o quando eu contar sobre o senhor. Não recusaria o convite por ele ser um conde, não é, quero dizer, se ele o convidasse para ir até lá?

— Eu iria vê-lo, sim — respondeu o sr. Hobbs, graciosamente.

O merceeiro parecia estar de acordo que, se recebesse um convite urgente do conde para passar alguns meses no castelo Dorincourt, deveria deixar de lado seus preconceitos republicanos e fazer as malas imediatamente. Por fim, todos os preparativos foram concluídos. Chegou o dia em que os baús foram levados ao barco a vapor e logo a carruagem parou à sua porta. Então, uma estranha sensação de solidão se apoderou do menino. Sua mãe estava trancada em seu quarto há algum tempo e, quando desceu as escadas, seus olhos pareciam grandes e úmidos e sua doce boca tremia. Cedric foi ao seu encontro, e eles se abraçaram e se beijaram. O garoto sentia que havia algo que fazia os dois lamentarem, embora ele mal soubesse o que poderia ser, mas um pequeno e terno pensamento surgiu em sua mente:

— Querida, gostamos mesmo desta casinha, não é? — desabafou ele. — E sempre iremos gostar, não é?

— Sim! Sim! — respondeu sua mãe, em uma voz baixa e doce. — Claro, filho.

Eles entraram na carruagem e Cedric sentou-se bem próximo à

mãe e, quando ela olhou para trás pela janela, o menino olhava para ela enquanto segurava e acariciava sua mão.

E então quase que imediatamente eles estavam no barco a vapor em meio a mais selvagem agitação e confusão. Carruagens desciam e deixavam passageiros, que ficavam impacientes com a bagagem que não havia chegado ameaçando ser tarde demais. Grandes baús e malas estavam sendo derrubados e arrastados. Marinheiros desenrolavam cordas e corriam de um lado para o outro. Oficiais davam ordens. Damas e cavalheiros, crianças e enfermeiras subiam a bordo. Alguns passageiros riam e pareciam alegres, outros calados e tristes, aqui e ali dois ou três choravam e enxugavam os olhos com os lenços.

Cedric encontrou algo que o interessasse por todos os lados. Olhou para as pilhas de corda, para as velas enroladas e para os mastros altos que pareciam quase tocar o céu azul quente e começou a fazer planos para puxar conversa com os marinheiros a fim de obter algumas informações sobre os piratas.

Foi só no último momento, quando ele estava de pé encostado na grade do convés superior observando os preparativos finais e curtindo a agitação e os gritos dos marinheiros e do cais, que sua atenção foi desviada para um leve alvoroço em um dos grupos não muito longe dele. Alguém estava apressadamente forçando seu caminho através do grupo e vindo em sua direção. Era um rapaz com algo vermelho na mão. Era Dick. Ele aproximou-se de Cedric sem fôlego.

— Eu corri todo o caminho — disse o rapaz. — Queria me despedir de você. Os negócios têm sido excelentes! Comprei isso para você com o dinheiro que ganhei ontem. Você pode usá-lo quando estiver entre os ricos. Perdi o embrulho quando estava tentando passar por aqueles caras lá embaixo. É um lenço.

Mal tinha terminado de falar quando o sino tocou e ele deu um salto para longe antes que Cedric tivesse tempo de dizer algo.

— Adeus! — ofegou o engraxate. — Use-o quando virar conde.

E logo sua imagem foi desaparecendo. Poucos segundos depois, eles o viram lutar contra a multidão no cais inferior e correr para a costa pouco antes de a escada ser puxada para dentro. O rapaz ainda parou e acenou com o gorro.

Cedric segurou o lenço em suas mãos. Era de seda vermelha brilhante ornamentada com ferraduras roxas e cabeças de cavalo.

Entre apitos e uma grande agitação, as pessoas no cais começaram a gritar calorosamente para seus amigos, e as pessoas no navio gritavam de volta:

— Adeus! Adeus! Boa viagem!

Cada um parecia estar dizendo: "Não se esqueça de nós. Escreva quando chegar a Liverpool. Adeus! Adeus!".

O pequeno lorde Fauntleroy inclinou-se para frente e acenou com o lenço vermelho.

— Adeus, Dick! — gritou ele, vigorosamente. — Obrigado! Adeus, Dick!

O grande barco a vapor se afastou, as pessoas voltaram a aplaudir e a mãe de Cedric cobriu o rosto com o véu. No cais ficou uma grande confusão, mas Dick atentava para aquele rosto infantil e alegre de cabelos dourados no qual o sol refletia e a brisa soprava, e a única coisa que podia ouvir era uma voz infantil e cordial gritando: "Adeus, Dick!", enquanto o pequeno lorde Fauntleroy se afastava lentamente de sua terra natal para aquela de seus ancestrais.

CAPÍTULO IV

Foi durante a viagem que a mãe de Cedric disse a ele que não iriam morar na mesma residência, e esta notícia causou tanta dor a Cedric que o sr. Havisham constatou que o conde foi bastante sábio ao tomar as providências para que a mãe do garoto morasse bem perto do castelo e o visse com frequência, pois estava muito claro que ele não conseguiria suportar a dor da separação. Mas sua mãe falava com o pequenino com tanta doçura e amor, e assegurava-lhe que ela estaria por perto que, depois de um tempo, ele deixou de ser atormentado pelo medo de viver separado dela.

— O local onde estou hospedada não fica longe do castelo, Ceddie — ela repetia cada vez que o assunto era retomado. — Estaremos perto um do outro e você pode correr até lá para me ver todos os dias. Certamente terá muitas novidades para me contar e seremos muito felizes juntos! É um belo lugar. Seu pai sempre me falava isso. Ele adorava viver lá e você certamente também irá gostar.

— Eu gostaria mais se estivesse lá comigo — disse o pequenino, com um suspiro pesado.

Ele ficou intrigado e não conseguia compreender por que sua "Querida" teria de viver em uma residência e ele em outra. O fato é que a sra. Errol achou melhor não contar a ele por que esse acordo foi feito.

— Eu prefiro não contar a ele — disse ela ao sr. Havisham. — Ceddie realmente não entenderia, ficaria apenas magoado e triste. Além disso, tenho certeza de que seus sentimentos pelo conde não serão mais naturais e afetuosos se souber que seu avô me detesta tanto. Ele é muito amoroso com todos e nunca conheceu o ódio ou a austeridade, e seria um grande choque descobrir que alguém poderia odiar a mim. Neste momento, é melhor que lhe seja informado somente quando for adulto e tenha maturidade para compreender a decisão do conde. Ele me ama muito e isso criaria uma barreira intransponível entre eles, mesmo Ceddie sendo apenas uma criança.

Então, Cedric só sabia que havia algum motivo misterioso para o acordo que ele não tinha idade suficiente para entender, mas que seria explicado quando ele fosse mais velho. O garotinho de cabelos encaracolados estava confuso, mas o motivo já não o importava tanto, pois, depois de muitas conversas com sua mãe, nas quais ela o tranquilizou e o fez ver o lado bom da situação, o lado negativo começou a se desfazer gradualmente, embora de vez em quando o sr. Havisham o visse sentado naquela antiga posição com as mãos nos joelhos, olhando fixamente para o mar, com um rosto muito sério, mais de uma vez ouvindo um suspiro infantil sair de seus lábios.

— Eu não gosto disso — disse Cedric uma vez enquanto estava tendo uma de suas conversas quase veneráveis com o advogado. — O senhor não compreende o quanto eu não tolero essa situação, mas existem muitos problemas neste mundo, e é preciso suportá-los. Mary costuma dizer isso, e eu ouvi o sr. Hobbs repetir isso também. E mamãe quer que eu goste de morar com meu avô, porque todos os seus filhos pereceram, e isso tudo é muito triste. Faz com que eu sinta pena de um homem que perdeu todos os filhos, tendo um deles morrido repentinamente.

Uma das coisas que sempre encantaram as pessoas que conheciam e conversavam com o jovem lorde era sua compostura ao abordar os assuntos combinada com seus comentários ocasionalmente maduros e a extrema inocência e seriedade de seu rosto redondo infantil. Sua conduta era irresistível.

Ele era um rapazinho tão inteligente e belo, com seus cachos dourados, que, quando se sentava e segurava seu joelho com as mãos gordinhas e conversava com muita seriedade, tornava-se uma fonte de grande entretenimento para seus ouvintes. Com isso, o sr. Havisham começou a se afeiçoar cada vez mais a ele.

— E então você vai tentar gostar do conde — disse o advogado.

— Sim — respondeu o futuro conde de Dorincourt. — Ele é meu parente, e é claro que temos de gostar dos nossos parentes. E, além disso, ele tem sido muito gentil comigo. Quando uma pessoa faz tantas coisas por nós e quer que tenhamos tudo o que desejamos, é claro que iremos gostar dela, mesmo se não fosse meu parente. Mas, sendo ele meu parente, ao fazer isso, gosto ainda mais dele.

— Você acredita — indagou o sr. Havisham — que ele irá gostar de você?

— Bem — disse Cedric —, creio que sim, porque eu também sou parente dele e, além disso, sou o filho do filho dele. E é claro que ele deve gostar de mim agora ou ele não iria querer que eu tivesse meus desejos satisfeitos nem o teria enviado até mim.

— Oh! — comentou o advogado — Crê então que seja por isso?

— Sim — disse Cedric. — O senhor não acha que seja por isso também? Claro que um homem gostaria de seu neto.

As pessoas que no início da viagem estavam enjoadas haviam se recuperado e subido ao convés para reclinar-se nas cadeiras e se divertir. Os que ali estavam queriam conhecer a romântica história do pequeno lorde Fauntleroy, e todos se interessaram pelo menino que corria pelo navio, passeava com a mãe, com o velho advogado alto e magro ou falava com os marinheiros. Ele estava sempre pronto para fazer amigos onde quer que fosse. Quando os cavalheiros o deixavam caminhar com eles, subindo e descendo o convés, ele respondia a todas as suas piadas com muita alegria. Quando as senhoras falavam com ele, sempre havia risos no grupo no qual ele era o centro das atenções e, quando brincava com as crianças, havia sempre uma diversão magnífica.

Seus melhores amigos eram os marinheiros. Eles lhe contavam histórias milagrosas sobre piratas, naufrágios e ilhas desertas. Ensinavam a emendar cordas e a montar navios de brinquedo. Cedric obteve uma boa quantidade de informações sobre "mezena" e "traquete", o que é bastante surpreendente. Sua conversa tinha, de fato, um sabor bastante náutico às vezes. Em certa ocasião, ele provocou a gargalhada de um grupo de pessoas que estavam sentadas no convés, envoltas em xales e sobretudos, dizendo docemente e com uma voz muito envolvente:

— Esfriou hoje! Sinto um calafrio até em minhas pernas de pau.

O garoto ficou surpreso quando todos riram. Havia aprendido esses dizeres sobre viagens marítimas com um "velho lobo do mar" de nome Jerry, que lhe contava histórias em que isso acontecia com frequência. A julgar pelas histórias de suas aventuras, Jerry fizera cerca de duas ou três mil viagens e, em algumas ocasiões, naufragou em uma ilha densamente povoada por canibais sanguinários. A julgar também por essas mesmas aventuras emocionantes, ele tinha sido parcialmente assado e comido com frequência e tinha sido escalpelado umas quinze ou vinte vezes.

— É por isso que ele é tão calvo — explicou lorde Fauntleroy a sua mãe. — Depois de ter sido escalpelado várias vezes, o cabelo nunca mais cresceu. O de Jerry nunca mais cresceu depois daquela última vez, quando o rei dos Parromachaweekins o escapelou com a faca feita do crânio do chefe dos Wopslemumpkies. Ele disse que foi um dos momentos mais difíceis pelos quais já passou. Estava tão assustado que seu cabelo ficou eriçado assim que o rei ergueu a faca, e ele nunca abaixou. Por isso, o rei o usa em sua cabeça assim, parecendo uma escova de cabelo. Nunca ouvi nada parecido com as experiências de Jerry! Eu gostaria muito de contar ao sr. Hobbs sobre elas!

Nos dias em que o clima não estava agradável, os passageiros eram mantidos no salão abaixo do convés e, nessas ocasiões, Cedric era persuadido a contar as "aventuras" de Jerry. As histórias eram contadas com grande prazer e empolgação, o que tornava o lorde Fauntleroy o viajante mais popular de qualquer barco a vapor que já cruzou o oceano Atlântico. Ele estava sempre disposto e bem-humorado, pronto para fazer o possível para aumentar o entretenimento, e havia um encanto na inconsciência de sua própria importância infantil.

— As pessoas acreditam nas histórias de Jerry — disse o menino à mãe. – De minha parte, perdoe-me, Querida, mas, se não tivessem acontecido com o próprio Jerry, às vezes penso que não poderiam ser todas verdadeiras... mas como todas aconteceram com Jerry, bem... são mesmo narrativas estranhas, e é possível que às vezes ele se esqueça ou se confunda um pouco, já que foi escalpelado com tanta frequência. Ser escalpelado muitas vezes pode deixar uma pessoa esquecida.

Onze dias depois de se despedir de seu amigo Dick, seu navio chegou a Liverpool, e foi na noite do décimo segundo dia que a carruagem em que ele, sua mãe e o sr. Havisham haviam saído da estação parou diante dos portões de Court Lodge. A noite estava escura e não se podia ver muito da residência na escuridão. Cedric só viu que havia uma entrada para carros sob uma grande alameda e, depois, que a carruagem desceu por essa entrada por uma curta distância. Notou também que havia uma porta aberta e um feixe de luz brilhante passando por ela.

Mary veio com eles para auxiliar a sra. Errol, e ela chegou antes deles. Quando Cedric saltou da carruagem, viu um ou dois criados no amplo e luminoso corredor e Mary parada na soleira da porta. Lorde Fauntleroy saltou sobre ela com muita alegria.

— Que bom que veio, Mary! — comemorou o pequenino. — Mary está aqui, mamãe!

E ele beijou a ama em sua áspera bochecha rosada.

— Estou feliz por estar aqui, Mary — disse a sra. Errol a ela em voz baixa. — É um grande conforto para mim tê-la em minha companhia. Assim não me sentirei tão só.

A americana estendeu a mão e Mary a apertou de forma encorajadora, pois sabia como essa jovem mãe deveria estar se sentindo por ter deixado sua própria terra e agora estar prestes a desistir de seu filho.

Os criados ingleses olharam com curiosidade para o menino e sua mãe. Eles tinham ouvido todos os tipos de rumores sobre os dois. Sabiam como o velho conde tinha ficado zangado com o casamento do filho e por que a sra. Errol deveria morar em um lugar mais simples e seu filho no castelo. Sabiam tudo sobre a grande fortuna que ele herdaria e sobre o velho avô ranzinza, sua gota e seu temperamento.

— Não será fácil para ele, pobrezinho — comentavam entre si.

Mas eles não sabiam que espécie de pequeno lorde havia chegado àquela casa e nem poderiam imaginar o caráter do futuro conde de Dorincourt.

Demonstrando independência, tirou o sobretudo como se estivesse acostumado a fazer as coisas sozinho e começou a olhar em volta. Olhou com atenção ao redor do amplo salão, para as pinturas, os chifres de veados e os objetos curiosos que o ornamentavam. Tudo parecia estranho para ele porque nunca havia visto essas coisas em lugar algum.

— Querida — disse a criança —, esta casa é muito bonita, não é? Estou feliz que irá morar aqui. É uma casa bem grande.

A residência era bem grande se comparada com a da rua de Nova York, e era muito bonita e alegre. Mary os conduziu pelas escadas até um cômodo forrado de chita brilhante, em que uma lareira estava acesa e um grande gato persa, branco como a neve, dormia luxuosamente no tapete branco de pele.

— Foi a governanta do castelo quem mandou o gato para a senhora — explicou Mary. — Ela é uma senhora de bom coração e o arrumou todinho para lhe receber. Conversei com ela por alguns minutos. Ela queria muito bem ao capitão, senhora, e sentiu muito a morte dele. Pediu para lhe dizer que o grande gato persa deitado no tapete peludo tornará o quarto menos solitário. Ela conhecia o capitão Errol desde criança. Disse que se tornou um jovem muito bonito e gentil e sempre com um grande sorriso no rosto. E eu lhe disse: "Ele deixou um filho que é parecido com ele, senhora, o pequeno é tal e qual o pai".

Assim que se aprontaram, desceram para outro cômodo grande e iluminado. O teto era baixo e a mobília era pesada e lindamente entalhada. As cadeiras eram fundas e tinham espaldar alto e maciço, e havia estantes e armários com enfeites bonitos e estranhos. Havia uma grande pele de tigre diante da lareira e uma poltrona de cada lado. O majestoso gato branco respondeu aos afagos do lorde Fauntleroy e o seguiu escada abaixo e, quando o garotinho se jogou no tapete, o gato se aninhou grandiosamente ao lado dele como se pretendesse fazer amizade. Cedric ficou tão satisfeito que pousou a cabeça na dele e o ficou acariciando, sem prestar atenção ao que sua mãe e o sr. Havisham estavam conversando.

Eles estavam, de fato, falando em um tom muito baixo. A sra. Errol parecia um pouco pálida e agitada.

— Ele não precisa ir esta noite, não é? — preocupou-se a mãe. — Ele vai ficar comigo esta noite?

— Sim — respondeu o sr. Havisham no mesmo tom baixo. — Não será necessário que ele vá esta noite. Eu mesmo irei ao castelo assim que tivermos jantado e informarei ao conde de nossa chegada.

A sra. Errol olhou para Cedric. Ele estava deitado em uma atitude graciosa e descuidada sobre o tapete de tigre. O fogo brilhava em seu rostinho bonito e corado e seus cabelos cacheados e desgrenhados estavam espalhados no tapete. O grande felino ronronava sonolento, sentindo o toque carinhoso da mãozinha gentil em seu pelo.

A sra. Errol sorriu fracamente.

— O conde não sabe tudo o que está tirando de mim — disse ela com tristeza. E então ela olhou para o advogado. — O senhor pode dizer a ele, por favor, que prefiro não aceitar o dinheiro que me ofereceu?

— O dinheiro?! — exclamou sr. Havisham. — A senhora não pode estar se referindo à pensão que ele se propôs a pagar!

— Sim — ela respondeu. — Prefiro não aceitá-lo. Não posso recusar a casa que me ofertou e sou grata por isso, porque me permite estar perto do meu filho, mas tenho um pouco de dinheiro guardado, o suficiente para viver com simplicidade, e prefiro não ficar com o que não me pertence. Como ele não gosta de mim, me sentiria como se estivesse vendendo Cedric para ele. Estou desistindo dele apenas porque o amo o suficiente para querer seu bem e porque seu pai gostaria que assim fosse.

O sr. Havisham coçou o queixo.

— Isso é muito estranho — disse o advogado. — Ele irá ficar muito zangado. Não irá entender sua posição.

— Acredito que ele irá entender depois de pensar no assunto — disse a viúva. — Eu realmente não preciso do seu dinheiro. E por que deveria aceitar luxos do homem que me odeia tanto a ponto de tirar meu filho de mim, o filho de seu filho?

O sr. Havisham pareceu pensativo por alguns momentos.

— Farei o que me pede e darei seu recado — respondeu em seguida.

E então o jantar foi servido e eles se sentaram juntos, com o grande felino se ajeitando em uma cadeira perto de Cedric e ronronando majestosamente durante a refeição.

Mais tarde, naquela noite, quando o sr. Havisham se apresentou no castelo, foi levado imediatamente ao conde. Ele o encontrou sentado perto do fogo em uma luxuosa poltrona, com o pé tomado pela gota apoiado em um banquinho. Ele olhou para o advogado sob suas sobrancelhas peludas, mas o sr. Havisham podia ver que, apesar de sua pretensão de demonstrar calma, estava nervoso e secretamente agitado.

— Bem — disse o conde. — Finalmente voltou, sr. Havisham, não é? Quais são as novidades?

— Lorde Fauntleroy e sua mãe estão em Court Lodge — respondeu o sr. Havisham. — A viagem transcorreu sem problemas e chegaram muito bem.

O conde fez um som meio impaciente e moveu a mão inquieto.

— Fico feliz em ouvir isso — disse ele bruscamente. — Até agora tudo bem. Sinta-se à vontade. Tome uma taça de vinho e relaxe. O que mais?

— O menino permanecerá com sua mãe esta noite. Amanhã irei trazê-lo para o castelo.

O cotovelo do conde estava apoiado no braço da cadeira. Ele ergueu a mão e protegeu os olhos com ela.

— Bem — disse ele —, continue. Disse-lhe para não me escrever sobre o assunto e por isso não estou sabendo de absolutamente nada. Que tipo de garoto ele é? Eu não me importo com a mãe. Quero saber sobre ele.

O sr. Havisham bebeu um pouco de vinho do porto que serviu para si mesmo e, segurando o cálice, sentou-se.

— É bastante difícil julgar o caráter de uma criança de sete anos — disse ele com cautela.

Os preconceitos do conde eram muito intensos. Ele ergueu os olhos rapidamente e pronunciou uma palavra hostil.

— Ele é um estúpido, não é? — exclamou o fidalgo. — Ou uma criança desajeitada? Seu sangue americano fala mais alto, não é?

— Não creio que isso o tenha prejudicado, meu senhor — respondeu o advogado em seu jeito seco e deliberado. — Eu não sei muito sobre crianças, mas eu o achei um bom menino.

Sua maneira de falar sempre foi deliberada e sem entusiasmo, mas ele a tornou um pouco mais intensa do que de costume. Ele tinha uma ideia astuta de que seria melhor que o conde julgasse por si mesmo e que estivesse totalmente despreparado para a primeira conversa com o neto.

— Saudável e bem desenvolvido? — perguntou o conde.

— Aparentemente muito saudável e bem desenvolvido — respondeu o advogado.

— Membros retos e aparência agradável de se olhar? — exigiu o homem.

Um leve sorriso tocou os lábios finos do sr. Havisham. A imagem que ele havia deixado em Court Lodge surgiu diante de sua mente, o belo e gracioso corpo de criança deitado sobre a pele de tigre em um conforto descuidado, os cabelos brilhantes e despenteados espalhados no tapete, o brilhante e rosado rosto de menino.

— Acho que é uma criança muito bonita, meu senhor, no que diz respeito aos meninos — disse ele —, embora não tenha experiência para avaliar. Mas o senhor irá achá-lo um pouco diferente da maioria das crianças inglesas, ouso dizer.

— Não tenho dúvidas disso — rosnou o conde, com uma pontada de dor decorrente da gota se apoderando dele. — Atrevidas e desafortunadas aquelas crianças americanas. Já ouvi isso com bastante frequência.

— Não é exatamente atrevimento no caso dele — disse o sr. Havisham. — Eu mal posso descrever qual é a diferença. Ele conviveu mais com pessoas mais velhas do que com crianças, e a diferença parece ser uma mistura de maturidade e infantilidade.

— Atrevimento americano! — protestou o aristocrata. — Já ouvi falar disso antes. Eles chamam isso de precocidade e liberdade. Maneiras grosseiras e falta de educação. É isso que é!

O sr. Havisham bebeu mais um pouco do vinho. Ele raramente discutia com seu cliente, ao menos nunca quando a perna do nobre estivesse inflamada pela gota. Nessas horas, era sempre melhor deixá-lo sozinho. Então, após alguns instantes, o sr. Havisham quebrou o silêncio.

— Eu tenho uma mensagem da sra. Errol para lhe entregar — comentou.

— Eu não quero nenhuma de suas mensagens! — rosnou o velho. — Quanto menos eu ouvir falar dela, melhor.

— Esta mensagem é bastante importante — explicou o advogado. — Ela prefere não aceitar a pensão que o senhor propôs.

O conde teve um sobressalto.

— O que é isso? O que disse?

O sr. Havisham repetiu suas palavras.

— Ela diz que não é necessário, visto que a relação entre vocês não é amigável...

— Não amigável? — esbravejou o lorde com selvageria. — Devo dizer que realmente não é amigável! Eu odeio pensar nela! Uma mercenária americana de voz aguda! Eu não desejo vê-la.

— Meu senhor — disse o sr. Havisham —, dificilmente o senhor poderá chamá-la de mercenária. Ela não pediu nada nem quis aceitar o dinheiro que ofereceu a ela.

— Quais são as suas intenções? — falou com rispidez. — Ela quer me persuadir a vê-la. Acha que vou admirar sua personalidade. Não há nada para ser admirado! É apenas a independência americana! Não vou deixá-la viver como uma mendiga nos portões do meu parque. Como ela é a mãe do menino, tem uma posição a cumprir e deve mantê-la. Ela terá o dinheiro, goste ou não!

— Ela não irá gastá-lo — disse o advogado.

— Eu não me importo se gastará ou não! — vociferou o velho abonado. — Ela o receberá para depois não sair por aí dizendo às pessoas que se vê obrigada a viver como uma miserável porque eu não fiz nada por ela! Ela quer dar ao menino uma opinião ruim sobre mim. Suponho que ela já envenenou sua mente contra mim.

— Não — disse o sr. Havisham. — Tenho outra mensagem que provará que ela não fez nada do que a acusa.

— Eu não quero ouvir! — ofegou o conde, sem fôlego de raiva.

Mas o sr. Havisham disse mesmo assim.

— Ela pede que não deixe lorde Fauntleroy ouvir nada que o leve a entender que o senhor o separou dela por causa de seu preconceito contra ela. Ele a ama muito, e está convencida de que isso criaria uma barreira entre vocês dois. Ela diz que ele não compreenderia e isso poderia fazê-lo temer ao senhor em alguma medida ou pelo menos sentir menos afeto por sua pessoa. Ela disse ao filho que ele é muito jovem para entender o motivo, mas ouvirá quando for mais velho. E deseja que nada assombre o primeiro encontro entre vocês.

O conde recostou-se na cadeira. Seus olhos profundos e ferozes cintilavam sob as sobrancelhas salientes.

— Ora, ora! — disse o conde, ainda sem fôlego. — Está querendo me dizer que a mãe não contou nada a ele?

— Nem uma palavra, meu senhor — respondeu o advogado friamente. — Isso eu posso garantir. A criança está preparada para acreditar que o senhor é o mais amável e afetuoso dos avós. Nada, absolutamente nada, foi dito a ele que lhe desse a menor dúvida sobre sua perfeição. E, como eu cumpri suas ordens em todos os detalhes, enquanto estava em Nova York, satisfiz todos seus desejos antes de partirmos. Ele certamente o considera um poço de generosidade.

— Verdade? — questionou o conde.

— Dou-lhe minha palavra de honra — disse o sr. Havisham — que as impressões de lorde Fauntleroy a seu respeito dependerão inteiramente do senhor. E, se me permite, tomo a liberdade de fazer a sugestão: acredito que terá mais sucesso com ele se tomar o cuidado de não falar levianamente de sua mãe.

— Pois sim! — disse o fidalgo. — O jovem tem apenas sete anos!

— Ele passou esses sete anos ao lado de sua mãe — retornou o advogado. — E ela tem todo o seu amor.

CAPÍTULO V

Já era fim de tarde quando uma carruagem conduziu o pequeno lorde Fauntleroy e o sr. Havisham pela longa alameda que levava ao castelo. O conde deu ordens para que o neto chegasse a tempo de jantar com ele e, por alguma razão, também ordenou que a criança fosse enviada sozinha para a sala em que pretendia recebê-lo.

Enquanto a carruagem subia pela alameda, lorde Fauntleroy sentou-se confortavelmente encostado nas almofadas luxuosas e observou a paisagem com grande curiosidade e, de fato, interessou-se por tudo o que via. Ele se interessou pela carruagem, com seus cavalos grandes e esplêndidos e arreios reluzentes, interessou-se pelo cocheiro e pelo lacaio no alto, com seus uniformes com botões resplendentes, e ele esteve especialmente interessado pela coroa nas portas da carruagem, então, conversou com o lacaio com o propósito de indagar o que significava.

Quando a carruagem alcançou os grandes portões do parque, o menino se debruçou na janela para ter uma boa visão dos enormes leões de pedra que ornamentavam a entrada.

Os portões foram abertos por uma mulher de faces rosadas e de aparência maternal, que saiu de uma bonita cabana coberta de heras. Duas crianças saíram correndo pela porta da casa e ficaram olhando, com olhos redondos e arregalados, para o menino na carruagem, que também olhava para elas. A mãe delas curvou-se, sorrindo de forma cortês, e os filhos, ao seu sinal, também fizeram pequenas reverências.

— Ela me conhece? — perguntou lorde Fauntleroy. — Acredito que ela deva pensar que sim.

E retribuiu o cumprimento, tirando o gorro de veludo preto e sorrindo.

— Como vai? — disse alegremente o recém-chegado. — Boa tarde!

A mulher parecia satisfeita, ele pensou. O sorriso se alargou em seu rosto rosado e uma expressão gentil apareceu em seus olhos azuis.

— Deus abençoe Vossa Senhoria! — desejou ela. — Deus abençoe seu lindo rosto! Boa sorte e felicidades a Vossa Senhoria! Seja bem-vindo!

Lorde Fauntleroy acenou com o gorro e com a cabeça novamente enquanto a carruagem se movimentava e passava por ela.

— Simpatizei com aquela mulher — confessou o garotinho. — Parece que ela gosta muito de crianças. Eu gostaria de vir aqui para brincar com os filhos dela. Será que nas redondezas tem mais crianças para formarmos um grupo?

O sr. Havisham ficou em silêncio. Pensou que haveria tempo suficiente para lhe dizer que dificilmente teria permissão para fazer amizade e brincar com os filhos dos empregados.

A carruagem seguiu seu caminho por entre as grandes e belas árvores que cresciam de cada lado da avenida e estendiam seus ramos largos e ondulantes em forma de arco. Cedric nunca tinha visto árvores assim, elas eram tão grandes e imponentes, e seus galhos cresciam tão baixos em seus troncos enormes. Ele não sabia que o Castelo de Dorincourt era um dos mais belos de toda a Inglaterra, que seu parque era um dos mais amplos e copados, e suas avenidas sem igual. Mas sabia que era tudo muito bonito. Ele gostava das árvores grandes e de ramificações largas, com o sol do fim da tarde batendo como lanças douradas nelas. Gostava da quietude perfeita que reinava no lugar.

E sentiu um grande e estranho prazer com a beleza de tudo o que vislumbrou, clareiras no parque, com muitas outras grandes e belas árvores, às vezes majestosas e solitárias, às vezes em grupos. De vez em quando, eles passavam por lugares onde altas samambaias cresciam concentradas e, de repente, o solo parecia azul coberto de campânulas balançando na brisa suave. Cedric riu muito quando um coelho saltou debaixo da folhagem e fugiu em um piscar de olhos agitando a cauda branca e curta atrás dele. E bradou e bateu palmas quando um bando de perdizes correu em disparada e voou para longe.

— É um lugar lindo, não é? — desabafou com o sr. Havisham. — Nunca vi um lugar tão bonito. É ainda mais belo do que o Central Park.

Ele ficou bastante admirado com o tempo que levaram para concluir o caminho.

— Qual é a distância — disse ele, por fim — do portão até a porta da frente do castelo?

— São entre cinco e seis quilômetros — respondeu o advogado.

— É um longo caminho para uma pessoa percorrer do seu portão até a porta de entrada — observou seu senhorio.

A cada minuto, ele via algo novo com o que se maravilhar. Quando avistou os cervos, alguns recostados na grama, outros em pé com a cabeça com lindos chifres virados em direção à alameda, e quando as rodas da carruagem os perturbaram, o pequenino ficou encantado.

— Vieram de um circo? — falou entusiasmado — Ou vivem aqui desde sempre? Quem são eles?

— Eles moram aqui — disse-lhe o sr. Havisham. — Pertencem ao conde, seu avô.

Não demorou muito para que avistassem o castelo. Ergueu-se diante deles imponente, belo e cinza, com os últimos raios de sol lançando luzes ofuscantes em suas muitas janelas. Tinha torres, ameias e muralhas. Uma grande quantidade de hera cresceu em suas paredes e todo o espaço amplo e aberto em volta estava disposto em terraços, gramados e canteiros floridos.

— É o lugar mais lindo que já vi! — disse Cedric, com seu rosto redondo enrubescendo de prazer. — Lembra o palácio de um rei. Eu vi a foto de um uma vez em um livro de conto de fadas.

Quando a grande porta de entrada se abriu, viu muitos criados parados em duas filas olhando para ele. Admirou muito seus uniformes e se perguntou o que faziam ali. O que ele não sabia era que estavam ali para homenagear o garotinho a quem todo esse esplendor um dia pertenceria, o belo castelo como o palácio do rei das fadas, o magnífico parque, as grandes árvores antigas, os vales cheios de samambaias e campânulas onde os coelhos brincavam, o cervo malhado e de olhos grandes repousando na grama alta. Fazia apenas duas semanas que ele se sentava no banco alto para conversar com o sr. Hobbs entre as batatas e a caixa de velas e não teria sido possível para ele perceber que tinha muito a ver com toda essa grandeza. À frente da fila de criados, estava uma senhora idosa de cabelos grisalhos, vestida com um rico vestido de seda preta e uma touca. Quando ele entrou no corredor, aproximou-se dela e, pela expressão em seus olhos, percebeu que iria falar com ele. O sr. Havisham, que segurava sua mão, parou por um momento.

— Este é lorde Fauntleroy, sra. Mellon — disse ele. — Lorde Fauntleroy, esta é a sra. Mellon, a governanta.

Cedric estendeu a mão para ela, com os olhos brilhando.

— Foi a senhora quem mandou o gato? — perguntou. — Estou muito agradecido por sua atitude.

O rosto simpático da sra. Mellon parecia tão satisfeito quanto o rosto da esposa do vigia.

— Eu poderia reconhecê-lo em qualquer lugar — disse ela ao sr. Havisham. — Ele tem o rosto e o jeito de capitão. É um grande dia, senhor.

Cedric olhou para a sra. Mellon com curiosidade e se perguntou por que era um grande dia. Por um momento, pareceu-lhe que havia lágrimas em seus olhos, mas era evidente que ela não estava infeliz.

Ela sorriu para ele.

— A gata deixou dois lindos gatinhos aqui — disse ela. — Eles serão levados para os aposentos de Vossa Senhoria.

O sr. Havisham disse algumas palavras em voz baixa.

— Na biblioteca, senhor — respondeu a sra. Mellon. — Sua Senhoria deve ser levado para lá sozinho.

Poucos minutos depois, um lacaio muito alto de uniforme acompanhou Cedric até a porta da biblioteca, abriu-a e anunciou: "Lorde Fauntleroy, meu senhor", em um tom bastante solene. Apesar de ser apenas um lacaio, compreendia a importância do momento. Aquele era o herdeiro que voltou para sua própria terra e bens, para assumir um dia seu lugar e título, sendo conduzido à presença do velho conde.

Cedric cruzou a soleira para entrar na biblioteca. Era uma sala muito grande e esplêndida, com móveis esculpidos em madeira maciça e estantes cheias de livros. Os móveis eram escuros, e as cortinas, muito pesadas. As janelas, profundas com vidraças em forma de diamante, pareciam distantes de uma extremidade a outra e, desde que o sol se pôs, o efeito de tudo era bastante austero. Por um momento, Cedric pensou que não havia ninguém na sala, mas logo viu que perto do fogo queimando na ampla lareira havia uma grande poltrona e que nela alguém estava sentado, alguém que a princípio não fez menção de se virar e olhar para ele.

Mas o menino havia chamado a atenção de outra criatura. No chão, ao lado da poltrona, estava um cachorro, um enorme mastim de pelo castanho, com corpo e membros quase do tamanho de um leão. E essa grande criatura ergueu-se majestosa e lentamente marchou em direção ao pequenino com um passo pesado.

Em seguida, a pessoa na cadeira falou:

— Dougal, volte aqui.

Mas não havia medo no coração do pequeno lorde Fauntleroy, ele foi um rapazinho corajoso durante toda a vida. Ele pôs a mão na coleira do enorme cachorro da maneira mais natural do mundo e os dois avançaram juntos, com Dougal farejando enquanto avançava.

E então o conde ergueu os olhos. O que Cedric viu foi um homem grande e velho com sobrancelhas e cabelos brancos desgrenhados, e um nariz em formato de bico de águia entre os olhos profundos e ferozes. O que o conde viu foi uma figura graciosa em um terno de veludo preto, com uma gola de renda e com cabelos loiros e cacheados ondulando sobre o rostinho bonito, cujos olhos encontraram os dele com uma expressão de inocência e afeto. Se o castelo era como o palácio de um conto de fadas, deve-se admitir que o pequeno lorde Fauntleroy era uma cópia do príncipe encantado, embora não soubesse disso. Houve um súbito sentimento de orgulho e exultação no coração do velho e impetuoso conde ao ver que aquela bela criança era seu neto e notar como ele ergueu os olhos sem hesitar ao se levantar com a mão no pescoço do cachorrão. Agradava ao conde que a criança não demonstrasse timidez ou medo, nem do cachorro, nem dele. Cedric se aproximou e olhou para ele da mesma forma que olhou para a mulher na cabana e para a governanta.

— O senhor é o conde? — perguntou a criança. — Eu sou seu neto, aquele que o sr. Havisham trouxe. Sou o lorde Fauntleroy.

Ele estendeu a mão porque achou que deveria ser a coisa mais educada e adequada a se fazer até mesmo com condes.

— Espero que o senhor esteja muito bem — continuou ele, com a maior simpatia. — Estou muito feliz em conhecê-lo.

O conde apertou sua mão com um brilho curioso nos olhos. Logo no início, ficou tão surpreso que mal sabia o que dizer. Ele olhou intrigado para a pequena figura pitoresca e o analisou da cabeça aos pés.

— Ficou feliz em me ver, não é? — questionou o fidalgo.

— Sim — respondeu lorde Fauntleroy. — Estou muito satisfeito.

Havia uma cadeira de espaldar elevado perto dele, e ele se sentou. A cadeira era bastante alta, e seus pés não tocaram o chão assim que se acomodou nela, mas parecia estar bastante confortável sentado ali, observando seu avô com relativo interesse.

— Fiquei pensando em como o senhor seria — Ceddie comentou. — Eu fiquei deitado no cais do navio me perguntando se seria parecido com meu pai.

— E sou? — perguntou o conde.

— Bem — respondeu Cedric —, eu era muito pequeno quando ele morreu e não consigo me lembrar exatamente como ele era, mas não acho que o senhor seja como ele.

— Você está desapontado, suponho? — sugeriu seu avô.

— Oh, não — respondeu Cedric educadamente. — Claro que gostaria que o senhor se parecesse com meu pai, mas é claro que, como meu avô, mesmo que não se pareça com ele, agrada-me da mesma forma. Temos sempre de admirar os parentes.

O conde recostou-se na poltrona e ficou olhando. Não se poderia dizer que ele sabia o que significava admirar seus parentes. Ele havia empregado a maior parte de seu nobre lazer em brigar violentamente com eles, expulsando-os de sua casa, xingando-os, e todos eles o odiavam intensamente.

— Qualquer menino amaria seu avô — continuou lorde Fauntleroy—, especialmente aquele que foi tão gentil com ele quanto o senhor.

Outro brilho estranho surgiu nos olhos do velho nobre.

— Oh! — disse o aristocrata —Tenho sido bom com você, não tenho?

— Sim — respondeu lorde Fauntleroy brilhantemente. — Estou muito grato pela Bridget, pela vendedora de maçãs e por Dick.

— Bridget? — questionou o conde. — Dick? A vendedora de maçãs?

— Sim! — explicou Cedric. — Aqueles para os quais o senhor me deu todo aquele dinheiro, o dinheiro que disse ao sr. Havisham para me dar se eu quisesse.

— Ah! — exclamou Sua Senhoria. — É isso... O dinheiro que você deveria gastar como bem quisesse. O que você comprou com ele? Eu gostaria que me contasse.

Ele franziu as sobrancelhas peludas e olhou atentamente para a criança. Estava secretamente curioso para saber de que maneira o rapaz tinha usado o dinheiro.

— Oh! — disse lorde Fauntleroy — O senhor não tinha conhecimento sobre Dick, a vendedora de maçãs e Bridget. Esqueci que mora muito longe deles. Eles eram meus amigos. E Michael estava com febre...

— Quem é Michael? — perguntou o conde.

— Michael é o marido de Bridget e eles estavam passando dificuldades. Quando um homem está doente, não pode trabalhar e tem doze filhos, as preocupações começam a aparecer. E Michael sempre foi um homem trabalhador. Bridget costumava vir para nossa casa chorar. E, na noite em que o sr. Havisham estava lá, Bridget estava aos prantos na cozinha, porque eles não tinham quase nada para comer e não podiam pagar o aluguel. Eu fui vê-la e o sr. Havisham mandou me chamar para dizer que meu avô tinha dado a ele algum dinheiro para me entregar. E corri o mais rápido que pude para a cozinha e o dei para Bridget, que mal podia acreditar no que via. É por isso que estou tão grato ao senhor.

— Oh! — disse o conde em sua voz grave. — Essa foi uma das coisas que você fez por si mesmo, não é? E o que mais?

Cedric se sentou na cadeira alta e Dougal, tomando seu lugar, virou e olhou para o menino como se estivesse interessado na conversa. Dougal era um cão solene que parecia se sentir grande demais para assumir as responsabilidades da vida com leviandade. O velho conde, que conhecia bem o cachorro, observava-o com interesse. Não era um cão cujo hábito era fazer amizades rapidamente, e o conde ficou surpreso ao ver como o animal ficava quieto sob o toque da mão infantil. E, nesse exato momento, o grande animal deu ao pequeno lorde Fauntleroy mais um olhar de escrutínio digno e deliberadamente pousou sua enorme cabeça de leão no joelho de veludo preto do menino, que continuou acariciando seu novo amigo enquanto respondia:

— Bem, havia Dick — disse ele. — Certamente o senhor simpatizaria com Dick, ele é tão *quadrado*.

Esse era um americanismo para o qual o conde não estava preparado.

— O que significa isso? — perguntou o nobre.

Lorde Fauntleroy parou por um momento para refletir. Ele mesmo não tinha muita certeza do que isso significava. Achava que denotava algo muito digno de crédito, porque Dick gostava de usá-lo.

— Acho que significa que ele não enganaria ninguém — exclamou. — Ou bateria em alguém menor do que ele, e que ele engraxava com maestria as botas das pessoas fazendo-as brilhar ao máximo. Ele é um engraxate profissional.

— E ele é um de seus conhecidos, não é? — disse o conde.

— Ele é um velho amigo meu — respondeu o neto. — Não tão velho quanto o sr. Hobbs, mas bastante velho. Ele me deu um presente pouco antes de o navio partir.

O garotinho colocou a mão no bolso e tirou um tecido vermelho cuidadosamente dobrado e o abriu com um ar de orgulho afetuoso. Era o lenço de seda vermelha estampado com grandes ferraduras e cabeças de cavalo roxas.

— Ele me deu isso — disse o pequeno lorde. — Irei guardá-lo para sempre. Pode-se usá-lo em volta do pescoço ou mantê-lo no bolso. Ele o comprou com o primeiro dinheiro que ganhou depois que comprei a parte de Jake e dei a ele as novas escovas. É uma lembrança. Também gravei uma frase no relógio do sr. Hobbs. Mandei escrever: "Quando ler isso, lembre-se de mim". Sempre que eu olhar este lenço, me lembrarei de Dick.

As sensações do ilustríssimo conde de Dorincourt dificilmente poderiam ser descritas. Ele não era um velho nobre que se confundia facilmente, porque tinha visto muito do mundo; mas aqui estava algo que ele achou tão inusitado que quase tirou seu fôlego e lhe provocou algumas emoções que não conseguia reconhecer.

Ele nunca cuidou de crianças. Estava tão ocupado com seus próprios prazeres que nunca teve tempo para cuidar delas. Seus próprios filhos não lhe interessaram quando eram pequenos, embora às vezes ele se lembrasse de ter considerado o pai de Cedric um rapazinho bonito e forte. Ele próprio tinha sido tão egoísta que sentia falta do prazer de ver o altruísmo nos outros, e não sabia quão terna, fiel e afetuosa uma criança poderia ser, e o quão inocentes e inconscientes são seus impulsos simples e generosos. Uma criança sempre lhe pareceu um animalzinho dos mais censuráveis, egoísta, ganancioso e turbulento quando não estava sob controle estrito. Seus dois filhos mais velhos tinham causado problemas e aborrecimentos constantes aos tutores, e do mais jovem ele imaginou ter ouvido poucas reclamações porque o menino não tinha nenhuma importância especial.

Nunca lhe ocorreu que gostaria de seu neto. Ele mandou chamar o pequeno Cedric porque seu orgulho o impeliu a fazê-lo. Se o menino fosse ocupar seu lugar no futuro, não queria que seu nome fosse ridicularizado por alguém rude e ignorante. Estava convencido de que o menino seria uma verdadeira piada se tivesse sido criado na América. Ele não sentia afeto pelo descendente. Sua única esperança era que o achasse decentemente apresentável e com uma porção respeitável de bom senso. Ficou tão desapontado com os outros filhos e tão furioso com o casamento americano do capitão Errol que nunca pensou que isso pudesse resultar em algo digno de crédito.

Quando o lacaio anunciou lorde Fauntleroy, teve receio de olhar para o menino e encontrar tudo o que temia. Foi por causa desse sentimento que ele ordenou que a criança fosse enviada para ele sozinha. Seu orgulho não suportaria que outros vissem seu desapontamento, caso ele ficasse decepcionado. Seu velho coração orgulhoso e teimoso, portanto, saltou dentro dele quando o menino avançou com sua postura graciosa e acessível, com a mão destemida no pescoço do enorme cachorro.

Mesmo nos momentos de devaneio, o conde nunca imaginou que seu neto pudesse ser assim. Parecia bom demais para ser verdade que o garoto que ele temia ver, o filho da mulher que ele tanto odiava, era aquele menininho com tanta beleza e uma graça tão corajosa e pueril. A compostura rígida do conde ficou bastante abalada por essa agradável surpresa.

A conversa deles continuou, e o fidalgo curiosamente foi ficando ainda mais comovido e confuso. Achava que seu neto fosse tímido e que ficaria amedrontado e constrangido diante dele, porque esta era a reação que as pessoas normalmente tinham diante dele. Mas Cedric ficava tão à vontade com o conde quanto com Dougal. Ele não era atrevido, apenas inocentemente amigável e não tinha consciência de que poderia haver algum motivo para ele se sentir ameaçado ou com medo.

O conde não pôde deixar de observar que o menino o tomava por amigo e o tratava como tal, sem nenhuma desconfiança. Ficou bastante claro quando o pequenino se sentou em sua cadeira alta e falou com seu jeito amigável que nunca lhe ocorreu que aquele velho esguio e sisudo pudesse ser tudo menos gentil e estar feliz em conhecê-lo. E estava claro também que, com seu jeito infantil, desejava agradar a seu avô.

Mesmo tendo o coração endurecido e mundano, o velho conde não pôde deixar de sentir um secreto e novo prazer com essa confiança.

Afinal, não era desagradável encontrar alguém que não desconfiasse dele nem se esquivasse ou reconhecesse o lado feio de sua natureza, alguém que olhasse para ele com bons olhos, mesmo sendo apenas um garotinho em um terno de veludo preto.

 Assim, o velho recostou-se na poltrona e estimulou o jovem companheiro a contar-lhe ainda mais sobre si mesmo e, com aquele brilho estranho nos olhos, observou o pequenino enquanto ele falava. Lorde Fauntleroy estava bastante disposto a responder a todas as suas perguntas e conversou com seu jeito cordial com bastante seriedade. O menino contou-lhe tudo sobre Dick e Jake, a vendedora de maçãs e o sr. Hobbs. Descreveu o comício republicano em toda a glória de suas bandeiras, tochas e foguetes. No decorrer da conversa, comentou sobre o Quatro de Julho e a Revolução, e estava começando a se entusiasmar quando, de repente, se lembrou de algo e parou abruptamente.

 — Qual é o problema? — perguntou o avô. — Por que você não continua?

 Lorde Fauntleroy moveu-se bastante inquieto em sua cadeira. Era evidente que estava constrangido com o pensamento que acabou de lhe ocorrer.

 — Só estava pensando que talvez o senhor não goste desse assunto — respondeu ele.

 — Ninguém que eu conheça pode ter estado lá. Mas não se esqueça que você é inglês.

 — Oh! Não — disse Cedric rapidamente. — Eu sou americano!

 — Você é inglês — disse o conde com severidade. — Seu pai era inglês.

 O aristocrata divertiu-se um pouco ao dizer isso, mas não divertiu Cedric, que corou até a raiz dos cabelos. Nunca tinha pensado em algo semelhante.

 — Eu nasci na América. Quem nasce na América é americano — ele protestou. — Peço perdão — disse com séria polidez e delicadeza — por contradizê-lo. O sr. Hobbs me disse que, se houvesse outra guerra, eu deveria ser um americano.

O conde deu uma meia risada sombria, curta e estranha, mas foi uma risada.

— Você seria é? — disse o homem.

Ele odiava a América e os americanos, mas o divertia ver o quão sério e interessado era aquele pequeno patriota. Achou que um bom americano poderia ser um excelente inglês quando se tornasse um homem.

Eles não tiveram tempo de se aprofundar na Revolução novamente porque o jantar foi anunciado, e de fato lorde Fauntleroy sentiu-se incomodado ao pensar em retornar o assunto.

Cedric deixou sua cadeira e foi até seu nobre parente olhando para o pé do avô acometido pela gota.

— O senhor gostaria que eu o ajudasse? — disse educadamente. — Pode se apoiar em mim, se quiser. Uma vez, quando o sr. Hobbs se machucou com um barril de batatas que caiu em seu pé, ele se apoiou em mim.

O lacaio reprimiu um sorriso para não pôr em risco seu cargo e sua reputação. Ele era um lacaio aristocrático que sempre viveu nas melhores famílias nobres e jamais sorria. Na verdade, ele teria se sentido desonrado e vulgar se tivesse se permitido ser levado por qualquer circunstância a uma indiscrição. Para se distrair, teve de fixar o olhar diretamente sobre a cabeça do conde, em uma imagem na parede.

O nobre olhou seu valente jovem neto da cabeça aos pés.

— Você acha que poderia fazer isso? — perguntou rispidamente.

— Acredito que sim — disse Cedric. — Eu sou forte. Já tenho sete anos. O senhor poderia se apoiar em sua bengala de um lado e em mim do outro. Dick diz que tenho muitos músculos para um menino da minha idade.

Ele levantou o braço e fechou a mão com força, para que o conde pudesse ver o músculo que Dick gentilmente aprovou, e seu rosto estava tão sério que o lacaio achou necessário olhar novamente para a imagem na parede.

— Bem — disse o conde —, você pode tentar.

Cedric deu-lhe a bengala e começou a ajudá-lo a se levantar. Normalmente, o lacaio fazia isso e era violentamente repreendido quando Sua Senhoria sentia uma pontada forte no pé enfermo. Geralmente, o conde não era uma pessoa muito educada e, muitas vezes, os enormes lacaios à sua volta estremeciam dentro de seus uniformes imponentes.

Mas esta noite ele se conteve. Embora tivesse sentido mais de uma pontada no pé, decidiu experimentar a ajuda do neto, levantando-se com cautela e colocando a mão no pequeno ombro que lhe foi ofertado com tanta coragem. O pequeno lorde deu um passo cuidadoso à frente, prestando atenção ao pé gotoso.

— Apoie-se em mim — disse ele, com um ânimo encorajador. — Andarei bem devagar.

Se o conde tivesse sido sustentado pelo lacaio, teria descansado menos em sua bengala e mais no braço de seu auxiliar. No entanto, fazia parte de sua experiência permitir que seu neto sentisse seu fardo como se não fosse um peso leve. De fato, era um peso bastante significativo e, após alguns passos, o rosto do menino ficou muito quente e seu coração batia bastante rápido, mas ele se preparou com firmeza, lembrando-se de seus músculos e da aprovação de Dick.

— Não tenha medo de se apoiar em mim — ofegou Cedric. — Estou bem, desde que a caminhada não seja muito longa.

Na verdade, não era muito longa, mas para Cedric pareceu um longo caminho antes de chegarem à cadeira na cabeceira da mesa. A mão em seu ombro parecia ficar mais pesada a cada passo, o rubor em seu rosto só aumentava, e sua respiração ficava gradualmente mais curta, mas ele não pensou em desistir. Enrijeceu seus músculos infantis, manteve a cabeça ereta e encorajou o conde enquanto ele mancava.

— Seu pé dói muito quando se apoia nele? — perguntou a criança. — Já o colocou em uma bacia com água quente e mostarda? O sr. Hobbs costumava tratar o dele assim. Ele disse que arnica também é muito bom para isso.

O grande cachorro seguia lentamente a caminhada. O lacaio que os acompanhava várias vezes pareceu se preocupar enquanto observava o esforço da pequena figura usando ao máximo todas as suas forças e suportando seu fardo com boa vontade. O conde também parecia um pouco apreensivo vez ou outra ao olhar para o rostinho vermelho do menino. Quando entraram no cômodo onde iriam jantar, Cedric observou que era muito grande e imponente, e que o lacaio que estava atrás da cadeira na cabeceira da mesa encarava-os fixamente quando entraram.

Quando finalmente alcançaram a cadeira, a mão foi removida de seu ombro e o conde já estava quase sentado quando Cedric tirou o lenço de Dick do bolso e enxugou o suor na testa.

— Está uma noite quente, não é? — disse Ceddie. — Talvez o senhor precise de água quente por causa do seu pé, mas me parece que hoje está um tanto calor para isso — disse ele com delicadeza, procurando agradar a seu avô evitando que passasse por algum desconforto.

— Você se esforçou muito — disse o conde.

— Oh, não! — disse lorde Fauntleroy. — Não foi tão difícil, mas fiquei com um pouco de calor. Uma pessoa sente calor no verão.

E ele esfregou seus cachos úmidos com bastante vigor com o lenço recém-adquirido. Sua cadeira foi colocada na outra extremidade da mesa, em frente à de seu avô. Era uma cadeira com braços, destinada a um indivíduo muito maior do que ele. Na verdade, tudo o que ele tinha visto até agora, os enormes cômodos, com seus tetos altos, a mobília maciça, o lacaio robusto, o cachorro gigante e o próprio conde, todos eram de proporções calculadas para fazê-lo sentir-se muito pequeno, de fato. Mas isso não o incomodou, ele nunca se considerou muito grande ou imponente e estava bastante disposto a se acomodar até mesmo em circunstâncias que o dominavam. Talvez ele nunca tivesse parecido tão pequenino como agora, sentado em sua grande cadeira, na ponta da mesa.

Apesar de sua existência solitária, o conde escolheu viver com luxo. Ele gostava que seu jantar fosse servido com cerimônia. Cedric olhou para ele através do brilho dos cristais e da prata que, para seus olhos não acostumados, pareciam bastante deslumbrantes. Um estranho acharia a cena divertida, o grande cômodo imponente, os enormes criados de uniforme, as luzes brilhantes, a prata e os cristais, o velho nobre de aparência feroz na cabeceira da mesa e o pequeno menino na outra extremidade.

O jantar costumava ser um momento muito sério para o conde, e era muito sério também para o cozinheiro, caso Sua Senhoria não gostasse ou tivesse um apetite indiferente. Dessa vez, porém, seu apetite parecia um pouco melhor do que o normal, talvez porque tivesse algo em que pensar além do sabor das entradas e do manejo dos molhos.

Seu neto deu-lhe algo em que pensar e continuou olhando com admiração para o avô do outro lado da mesa. Ele mesmo não falou muito, mas conseguiu fazer o menino falar demasiadamente. Ele nunca tinha imaginado que poderia se divertir ouvindo uma criança falar, mas lorde Fauntleroy o confundia e ao mesmo tempo o divertia, e ele se lembrava de como havia deixado o ombro infantil do menino sentir seu peso apenas para testar até que ponto a coragem e a resistência iriam acabar, e lhe agradou saber que seu neto não se encolheu e não pareceu pensar nem por um momento em desistir do que se comprometeu a fazer.

— O senhor não usa seu coronel o tempo todo? — comentou lorde Fauntleroy respeitosamente.

— Não — respondeu o conde, com seu sorriso sombrio. — Não me convém.

— O sr. Hobbs disse que os condes sempre o usavam — disse Cedric. — Mas depois de pensar sobre isso, ele disse que supôs que às vezes deveriam tirá-lo para colocar o chapéu.

— Sim — disse o conde —, eu o tiro de vez em quando.

E um dos lacaios repentinamente se virou para o lado tossindo de forma singular por trás da mão.

Cedric terminou o jantar primeiro, depois se recostou na cadeira e deu uma olhada no cômodo.

— O senhor deve ter muito orgulho de sua casa — disse ele. — É um lugar tão bonito. Nunca vi nada tão belo. Mas, claro, como tenho apenas sete anos, não vi muita coisa na vida.

— E você acha que devo me orgulhar dela, não é? — disse o conde.

— Acho que qualquer um ficaria orgulhoso — respondeu lorde Fauntleroy. — Eu ficaria orgulhoso se fosse minha casa. Tudo nela é belíssimo. O parque, aquelas árvores... como são lindas! E como as folhas farfalham!

Então, Cedric parou por um instante e olhou para o outro lado da mesa bastante melancólico.

— É uma casa muito grande para apenas duas pessoas morarem, não é? — disse o menino.

— É grande o suficiente para dois — respondeu o conde. — Você acha que é grande demais?

O pequeno lorde hesitou por um momento.

— Eu só estava pensando — disse ele — que, se morassem ali duas pessoas que não fossem boas companhias, elas poderiam se sentir solitárias às vezes.

— Você acha que eu devo ser uma boa companhia? — perguntou o conde.

— Sim — respondeu Cedric —, acho que sim. O sr. Hobbs e eu éramos grandes amigos. Ele era o melhor amigo que eu tinha, exceto por Querida.

O conde fez um movimento rápido com as sobrancelhas espessas.

— Quem é Querida?

— É minha mamãe – disse lorde Fauntleroy, com uma vozinha baixa e calma.

Talvez ele estivesse um pouco cansado, pois sua hora de dormir se aproximava. Era natural que, depois da agitação dos últimos dias, estivesse exausto e tal sensação causasse nele a lembrança de que esta noite não dormiria em casa, vigiado pelos olhos amorosos de sua Querida. Eles sempre foram "melhores amigos", o menino e sua jovem mãe. Ele não conseguia deixar de pensar nela e, quanto mais pensava, menos se sentia inclinado a falar. Quando o jantar acabou, o conde viu que havia uma tênue sombra em seu rosto. Mas Cedric se portou com muita coragem e, quando voltaram para a biblioteca, embora o lacaio caminhasse ao lado de seu mestre, a mão do conde pousou no ombro do neto, não tão pesadamente quanto antes.

Quando o criado os deixou a sós, Cedric sentou-se no tapete perto de Dougal. Por alguns minutos, ele acariciou as orelhas do cachorro em silêncio e olhou para o fogo.

O conde o observou. Os olhos do menino pareciam melancólicos e pensativos, e uma ou duas vezes ele deu um pequeno suspiro. O conde manteve-se quieto e permaneceu com os olhos fixos no neto.

— Fauntleroy — disse ele por fim —, no que você está pensando?

O futuro Conde de Dorincourt ergueu os olhos fazendo um grande esforço para sorrir.

— Eu estava pensando em minha mamãe — disse ele. —Acho melhor eu levantar e andar um pouco pela sala.

Ele se levantou, colocou as mãos nos pequenos bolsos e começou a andar de um lado para o outro. Seus olhos estavam muito brilhantes e seus lábios pressionados, mas ele manteve a cabeça erguida e caminhou com firmeza. Dougal moveu-se preguiçosamente, olhou para ele, levantou-se, caminhou até a criança e começou a segui-lo inquieto. Fauntleroy tirou uma das mãos do bolso e colocou-a sobre a cabeça do cachorro.

— Ele é um cachorro muito bom — disse Cedric. — Ele é meu amigo, sabe como me sinto.

— Como você está se sentindo? — perguntou o conde.

Perturbou-o ver a luta que o pequenino estava tendo com seu primeiro sentimento de saudade, mas lhe agradou ver que estava fazendo um esforço tão corajoso para suportá-la bem. Ele gostava dessa coragem infantil.

— Venha aqui — disse o nobre.

Fauntleroy foi até ele.

— Eu nunca estive longe de minha casa antes — disse o menino, com uma expressão preocupada em seus olhos castanhos. — Uma pessoa costuma sentir-se estranha quando tem que ficar a noite toda no castelo de outra pessoa em vez de em sua própria casa. Mas mamãe não está muito longe de mim. Ela me disse para me lembrar disso. E... e eu tenho sete anos. Posso olhar para a foto que ela me deu.

Ele colocou a mão no bolso e tirou uma pequena caixa forrada de veludo violeta.

— É isso — disse ele. — Veja, é só pressionar esta mola e, quando abre, ela está lá!

Ele havia se aproximado da cadeira do conde e, ao pegar a pequena caixa, encostou-se no braço dela e também no braço do velho, com tanta confiança e naturalidade como se sempre tivesse se encostado ali.

— Aí está ela — disse ele, quando a caixa foi aberta. E ele olhou para cima com um sorriso.

O conde franziu as sobrancelhas. Ele não queria ver a foto, mas olhou para ela apesar de tudo e viu ali um rosto tão jovem e bonito, um rosto tão parecido com o da criança ao seu lado, que se assustou bastante.

— Suponho que você goste muito dela — disse ele.

— Sim — respondeu lorde Fauntleroy, em um tom gentil e com muita franqueza. — Eu acho que sim. O sr. Hobbs era meu amigo, Dick, Bridget, Mary e Michael também eram meus amigos, mas Querida... bem, ela é minha amiga mais próxima, e nós sempre contamos tudo um ao outro. Meu pai deixou que eu cuidasse dela e, quando eu for homem, vou trabalhar e ganhar dinheiro para ajudá-la.

— O que você pensa em fazer? — perguntou o avô.

Seu jovem neto escorregou para o tapete da lareira e sentou-se com a fotografia ainda na mão. Ele parecia estar refletindo seriamente, antes de responder.

— Achei que talvez pudesse abrir um negócio com o sr. Hobbs — disse ele. — Mas eu gostaria mesmo é de ser presidente.

— Em vez disso, enviaremos você para a Câmara dos Lordes — disse o avô.

— Bem — observou lorde Fauntleroy —, se eu não puder ser presidente e se isso for um bom negócio, não me importaria. O mercado de alimentos às vezes é enfadonho.

Talvez ele estivesse avaliando o assunto em sua mente, pois ficou sentado muito quieto depois disso e olhou para o fogo por algum tempo.

O conde não voltou a falar, apenas se recostou na cadeira e o observou. Muitos pensamentos novos e estranhos passaram pela mente do velho nobre. Dougal se espreguiçou e foi dormir com a cabeça apoiada nas patas enormes. Houve um longo silêncio.

Cerca de meia hora depois, o sr. Havisham foi anunciado. A grande sala estava muito quieta quando ele entrou. O conde ainda estava recostado na cadeira e só se moveu quando o advogado se aproximou para erguer a mão em um gesto de advertência, e parecia que ele tinha feito o gesto involuntariamente. Dougal ainda estava dormindo e, ao seu lado, com sua cabeça encaracolada sobre o braço, estava o pequeno lorde Fauntleroy, também dormindo.

CAPÍTULO VI

Quando lorde Fauntleroy acordou pela manhã, pois não havia despertado quando foi carregado para a cama na noite anterior, os primeiros sons de que teve consciência foram o crepitar de uma lareira e o murmúrio de vozes.

— Você será cautelosa e não irá comentar nada sobre isso — ele ouviu alguém dizer. — O menino não sabe por que ela não deve estar com ele, e a razão deve ser mantida em segredo.

— Se são ordens de Sua Senhoria — outra voz respondeu —, elas terão de ser acatadas, suponho. Mas, se puder me desculpar pela liberdade, já que estamos somente nós aqui, criada ou não, tudo o que tenho a dizer é que considero cruel separar aquele pobre e belo jovenzinho de sua carne e sangue. James e Thomas estavam presentes ontem à noite no jantar, e os dois falaram que nunca viram nada igual em suas vidas. Nunca nenhum outro cavalheiro teve os modos daquele sujeitinho, tão inocente, educado e interessado como se ele tivesse sentado ali jantando com seu melhor amigo. Seu temperamento era de um anjo, ao contrário do outro que, se me permite dizer, só faz gelar sangue em suas veias. E quanto à aparência, quando fomos chamados, eu e James, para irmos à biblioteca para trazê-lo para cima, e James o ergueu em seus braços, com seu rostinho inocente todo rosado, sua pequena cabecinha repousou no ombro de James permitindo que seus cabelos dourados e brilhantes caíssem sobre o rosto. Aquela foi a visão mais bonita e marcante que alguém poderia ter. E essa é minha opinião, mas o senhor também não estava cego para isso, pois olhou para a criança e disse a James: "Veja, não o acorde!".

Cedric se mexeu no travesseiro e virou-se, abrindo os olhos.

Havia duas mulheres na sala. Tudo estava claro e alegre em meio às estampas de chita. Havia fogo na lareira e a luz do sol entrava pelas janelas entrelaçadas de hera. As duas mulheres se aproximaram dele, e o garotinho pôde notar que uma delas era a sra. Mellon, a governanta, e a outra uma mulher de meia-idade com um rosto tão gentil e bem-humorado quanto um rosto poderia ser.

— Bom dia, meu senhor — disse a sra. Mellon. — Dormiu bem?

Sua Senhoria esfregou os olhos e sorriu.

— Bom dia — disse ele. — Eu não sabia que estava aqui.

— Carregaram-no enquanto dormia — disse a governanta. — Aquele é seu quarto e esta é Dawson. Ela quem cuidará de você.

Fauntleroy sentou-se na cama e estendeu a mão para Dawson, como fizera com o conde.

— Como vai, senhora? — disse o menino. — Estou muito grato por ter vindo cuidar de mim.

— Pode chamá-la de Dawson, meu senhor — disse a governanta com um sorriso. — Ela está acostumada a ser chamada de Dawson.

— Senhorita Dawson ou Senhora Dawson? — perguntou Sua Senhoria.

— Apenas Dawson, meu senhor — disse a própria Dawson, radiante.

— Nem senhorita nem senhora. Vossa Senhoria precisa se levantar agora e deixar Dawson vesti-lo. Depois irá tomar seu café da manhã no quarto das crianças.

— Aprendi a me vestir sozinho há muitos anos, obrigado — respondeu Fauntleroy. — Querida me ensinou. Querida é como chamo minha mãe. Tínhamos apenas Mary para fazer todo o trabalho, lavar, cozinhar e tudo o mais, então é claro que não seria bom dar a ela tantos afazeres. Posso tomar meu banho sozinho também, se for gentil o suficiente para me *zaminar* nos cantos depois que eu terminar.

Dawson e a governanta trocaram olhares.

— Dawson fará qualquer coisa que pedir a ela — disse a sra. Mellon.

— Certamente farei, abençoado seja — disse Dawson, em sua voz reconfortante e bem-humorada. — Vossa Senhoria deve se vestir sozinho, se assim desejar, mas eu ficarei a postos, pronta para ajudá-lo se necessário.

— Obrigado — respondeu lorde Fauntleroy. — Tenho um pouco de dificuldade com os botões, então sempre tenho que pedir ajuda a alguém.

Ele achava Dawson uma mulher muito gentil e, antes da hora do banho e da troca de roupa, eles eram excelentes amigos. Cedric descobriu muitas coisas sobre ela. Ele soube que seu marido tinha sido um soldado e que havia sido morto em batalha, que seu filho era marinheiro e estava viajando em um longo cruzeiro, onde vira piratas, canibais, chineses e turcos e trouxe para casa estranhas conchas e pedaços de coral que Dawson estava pronta para mostrar a qualquer momento, com algumas delas guardadas em um baú. Tudo isso foi muito interessante. Ele também descobriu que ela cuidou de crianças durante toda a vida e que acabou de chegar de uma imponente residência em outra parte da Inglaterra, onde cuidava de uma linda garotinha cujo nome era Srta. Gwyneth Vaughn.

— Ela tem algum grau de parentesco com Vossa Senhoria — disse Dawson. — Quem sabe algum dia possa vê-la.

— Acha que devo? — disse Fauntleroy. — Eu gostaria disso. Nunca conheci nenhuma menina, mas sempre apreciei olhar para elas.

Quando ele entrou no cômodo ao lado para tomar seu café da manhã e percebeu suas enormes proporções, mais uma vez teve a sensação de que era realmente muito pequeno. Dessa vez, o sentimento o dominou com tanta força que confidenciou a Dawson quando se sentou à mesa na qual o belíssimo café da manhã foi organizado.

— Eu sou um menino muito pequeno — disse ele um tanto melancolicamente — para viver em um castelo tão grande e com tantos aposentos, não acha?

— Oh! — disse Dawson. — Causa certa estranheza no começo, mas depois passa. E então vai gostar daqui. É um lugar muito lindo.

— É um lugar muito bonito, é claro — disse Fauntleroy, com um pequeno suspiro. —Mas do que eu gostaria mesmo é que Querida estivesse aqui. Eu sempre tomava meu café da manhã com ela, colocava açúcar e creme em seu chá e preparava-lhe uma torrada. Isso se tornou um hábito.

— Ora! — respondeu Dawson, de forma confortadora. — Meu senhor não sabe que pode vê-la todos os dias? Há muito o que contar a ela. Abençoado seja! Espere só até caminhar um pouco para ver os cães e os estábulos com todos os cavalos neles. Há um deles que eu sei que gostaria de ver.

— É mesmo? — exclamou o garotinho de cabelos encaracolados. — Gosto muito de cavalos. Eu gostava muito de Jim. Ele era o cavalo que pertencia à carroça do estabelecimento do sr. Hobbs. Era um lindo animal quando não obstinado.

— Bem — disse Dawson. — Espere até ver o que está nos estábulos. E, meu senhor, nem olhou ainda para o que há no cômodo ao lado.

— O que há lá? — perguntou Ceddie.

— Termine primeiro seu café da manhã para ver que o aguarda — disse Dawson.

Com isso, ele naturalmente começou a ficar curioso e se dedicou assiduamente a tomar seu café da manhã. Pareceu-lhe que devia haver algo que valesse a pena olhar no cômodo ao lado, pois Dawson tinha um ar muito misterioso.

— Bem... — disse ele, escorregando de sua cadeira alguns minutos depois. — Já comi o suficiente. Posso ir e dar uma olhada?

Dawson acenou com a cabeça e liderou o caminho, fazendo parecer mais misterioso e importante do que nunca, e o garotinho começou a se interessar mais ainda.

Quando ela abriu a porta, ele parou na soleira e olhou ao redor com espanto. Cedric nada falou, apenas colocou as mãos nos bolsos e ficou estático, corado até a testa, olhando o que havia ali.

Suas bochechas ficaram vermelhas porque ele se surpreendeu com o local. A visão que teve era o suficiente para entusiasmar qualquer garoto comum.

O quarto também era grande, bem como todos os outros aposentos, mas este parecia-lhe mais bonito do que os demais, porém de uma maneira diferente. Os móveis não eram tão maciços e antigos como os dos quartos que vira no andar de baixo. As cortinas, os tapetes e as paredes eram mais brilhantes. Havia prateleiras cheias de livros e, sobre as mesas, vários brinquedos e objetos belíssimos que o fizeram lembrar das vitrines de Nova York.

— Parece o quarto de um menino — disse ele por fim, recuperando um pouco o fôlego. — A quem ele pertence?

— Vá lá dar uma olhada nele — disse Dawson. — Ele pertence a Vossa Senhoria!

— A mim? — espantou-se — Por que eles me pertenceriam? Quem os deu para mim?

Ceddie avançou com um gritinho alegre. Parecia demais para ser verdade. — Foi o vovô! — disse ele, com os olhos brilhantes como estrelas. — Eu sei que foi o vovô!

— Sim, foi Sua Senhoria — disse Dawson. — E se Vossa Senhoria for um cavalheiro simpático e não trouxer nenhum problema, preocupando-se apenas em se divertir e sê feliz o dia todo, ele lhe dará tudo o que pedir.

Foi uma manhã tremendamente emocionante. Havia tantas coisas a serem examinadas, tantos experimentos a serem tentados. Cada novidade era tão envolvente que ele mal conseguia se virar para olhar a próxima. E era tão curioso pensar que tudo isso havia sido preparado somente para ele, que, mesmo antes de ele deixar Nova York, as pessoas tinham vindo de Londres para arrumar os quartos que ocuparia e fornecerem os livros e brinquedos que provavelmente lhe interessariam.

— Por acaso já conheceu alguém com um avô tão gentil?

O semblante de Dawson expôs uma expressão incerta por um momento. Ela não tinha uma opinião muito positiva sobre Sua Senhoria, o conde. Havia começado a trabalhar para ele há poucos dias, mas já estava lá tempo suficiente para ouvir as peculiaridades do velho nobre discutidas abertamente pelos criados.

"De todos os homens maldosos, selvagens e temperamentais para os quais tive de trabalhar vestindo libré", disse o criado, "este de longe é o pior".

E esse lacaio em particular, cujo nome era Thomas, também repetiu aos seus companheiros debaixo da escada algumas das observações do conde ao sr. Havisham, quando discutiam os preparativos para a chegada de Cedric.

"Deixe-o à vontade e encha seus quartos de brinquedos. Dê a ele o que irá diverti-lo e ele logo esquecerá a mãe. Entretenha-o e preencha sua mente com outras coisas e não teremos problemas. Essa é a natureza do menino."

Então, tendo o nobre esse objetivo "verdadeiramente amável" em vista, não lhe agradou muito descobrir que Cedric não tinha exatamente essa natureza. O conde passou a noite em claro e permaneceu no quarto pela manhã. Mas, ao meio-dia, depois de almoçar, mandou chamar o neto.

Fauntleroy respondeu à convocação imediatamente. Ele desceu a ampla escadaria saltitante. O velho conde o ouviu correr pelo corredor, e então a porta se abriu e ele entrou com as bochechas vermelhas e os olhos brilhantes.

— Eu estava esperando que o senhor mandasse me buscar — disse ele. — Eu estava pronto há muito tempo. Sou eternamente grato por todas essas coisas! Estou muito agradecido! Brinquei a manhã toda.

— Oh! — disse o conde. — Então gostou dos brinquedos, não é?

— Eu adorei! Nem consigo dizer o quanto — disse Fauntleroy, com seu rosto brilhando de alegria. —Há um que é como o beisebol, só que se joga em um tabuleiro com pinos pretos e brancos e a pontuação aparece em contadores em um arame. Tentei ensinar Dawson, mas ela não conseguiu entender muito bem no começo. Por ser uma senhora, ela nunca jogou beisebol e infelizmente não fui muito bom em explicar a ela. Mas o senhor sabe tudo sobre o assunto, não é?

— Receio que não — respondeu o aristocrata. — É um jogo americano, não é? É algo como críquete?

— Nunca ouvi falar em críquete — disse Fauntleroy. — Mas o sr. Hobbs me levou várias vezes para assistir às partidas de beisebol. É um jogo esplêndido. O senhor iria adorar! Quer que eu pegue meu jogo e mostre como funciona? Talvez isso o o ajude a esquecer a dor. Seu pé está doendo muito esta manhã?

— Mais do que gostaria — foi a resposta.

— Então, talvez o senhor não conseguirá esquecê-la — disse o garotinho ansiosamente.

— Talvez o incomodasse saber do jogo. Acha que isso iria diverti-lo ou incomodá-lo?

— Vá buscá-lo — disse o conde.

Certamente era um novo entretenimento fazer companhia a uma criança que se oferecia para ensiná-lo a jogar, mas a própria novidade o divertia. Havia um sorriso à espreita na boca do conde quando Cedric voltou com a caixa com o jogo nos braços e uma expressão do mais ávido interesse no rosto.

— Posso puxar essa mesinha aqui até sua cadeira? — perguntou o neto.

— Toque o sino para Thomas — disse o conde. — Ele vai puxá-la para você.

— Oh, eu posso fazer isso sozinho — respondeu Fauntleroy. — Não é muito pesada.

— Muito bem — respondeu o avô. O sorriso oculto se aprofundou no rosto do velho enquanto ele observava os preparativos do pequenino, havia um grande interesse absorvido nele. A mesinha foi arrastada para a frente e colocada na cadeira, e o jogo retirado de sua caixa e colocado sobre ela.

— É muito interessante quando começa — disse o futuro Conde de Dorincourt. — Veja, os pinos pretos podem ficar do seu lado e os brancos podem ser meus. Eles são homens e uma vez em campo é um *home run* e conta um. E estes são os *outs*. E aqui está a primeira base, esta é a segunda, esta é a terceira e esta é a *home base*.

Cedric entrou nos detalhes da explicação com a maior animação. O garoto mostrou todas as atitudes do arremessador, do receptor e do batedor no jogo real, e deu uma descrição dramática de uma maravilhosa "bola rápida" que viria a ser apanhada na gloriosa ocasião em que testemunhou uma partida na companhia do sr. Hobbs. Seu corpinho vigoroso e gracioso, seus gestos ávidos, seu simples prazer de tudo, eram agradáveis de se ver.

Quando finalmente as explicações e demonstrações terminaram e o jogo começou para valer, o conde ainda se encontrava entretido. Seu jovem companheiro estava totalmente imerso na brincadeira. Ele jogava com todo o seu coração infantil. Suas risadinhas alegres quando ele fazia um bom lançamento, seu entusiasmo por um *home run*, seu deleite imparcial com sua própria sorte e a do oponente teriam dado sabor a qualquer jogo.

Se uma semana antes alguém tivesse dito ao conde de Dorincourt que naquela manhã em particular ele estaria esquecendo sua gota e seu mau humor em uma brincadeira de criança, jogada com pinos de madeira brancos e pretos, em um tabuleiro pintado de maneira lúdica, com um menino de cabelos cacheados como companheiro, ele sem dúvida ficaria ofendido. No entanto, certamente havia esquecido de si mesmo quando a porta se abriu e Thomas anunciou uma visita.

O visitante em questão, um senhor idoso vestido de preto, era o clérigo da paróquia. O homem ficou tão assustado com a cena surpreendente que viu que quase recuou um passo correndo o risco de colidir com Thomas.

Na verdade, não havia uma parte de seu dever que o reverendo Mordaunt achasse tão desagradável quanto aquela que o obrigava a visitar seu nobre patrono no castelo. O fidalgo, de fato, geralmente tornava essas visitas tão desagradáveis quanto estava em seu nobre poder fazê-las. Ele abominava igrejas e instituições de caridade e tinha acessos violentos de raiva quando qualquer um de seus inquilinos tomava a liberdade de ser pobre e doente o suficiente para precisar de ajuda. Quando a gota estava no auge, ele não hesitava em anunciar que não se aborreceria nem se irritaria com as histórias de seus infortúnios miseráveis. Quando a gota o incomodava menos e ele estava com um estado de espírito um pouco mais humano, talvez desse algum dinheiro ao pároco, depois de tê-lo intimidado da maneira mais dolorosa, e ter repreendido toda a paróquia por sua falta de iniciativa e imbecilidade. Mas, qualquer que fosse seu estado de espírito, ele nunca deixava de fazer tantos discursos sarcásticos e embaraçosos quanto possível e de fazer com que o reverendo Mordaunt desejasse ser apropriado e cristão jogar algo pesado contra ele. Durante todos os anos em que o sr. Mordaunt esteve a cargo da paróquia de Dorincourt, o pároco certamente não se lembrava de ter visto Sua Senhoria, por sua própria vontade, fazer uma gentileza a alguém ou, em qualquer circunstância, mostrar que pensou em qualquer um, exceto em si mesmo.

Ele havia telefonado hoje para falar sobre um caso especialmente urgente e, ao subir a avenida, temeu, por dois motivos, sua visita mais do que de costume. Em primeiro lugar, ele sabia que Sua Senhoria estava há vários dias sofrendo de gota e com um humor tão vil que boatos a respeito chegaram até a cidade, levados até lá por uma das jovens criadas, até sua irmã, que mantinha uma lojinha e vendia no varejo agulhas de cerzir, algodão e balas de hortelã, um lugar onde se falava sobre tudo e sobre todos enquanto se ganhava a vida de forma honesta. O que a sra. Dibble não sabia sobre o castelo e seus moradores, as casas de fazenda e seus internos e sobre o vilarejo e sua população realmente não valia a pena falar. E é claro que ela sabia tudo sobre o castelo, porque sua irmã, Jane Shorts, era uma das criadas de cargo elevado e muito amiga de Thomas.

"A maneira como Sua Senhoria age...", disse a sra. Dibble, debruçada sobre o balcão, "e o jeito que ele usa as palavras... O sr. Thomas contou a Jane que ele é quase impossível de se suportar. Imagine só. Um dia o homem arremessou um prato de torradas no sr. Thomas. Não fosse o cargo ter suas vantagens e a restante criadagem ser tão distinta e afável, ele certamente teria de imediato pedido demissão!"

O pároco tomou conhecimento de toda a conversa, pois de alguma forma o conde era a ovelha negra favorita nas cabanas e casas de fazenda, e seu mau comportamento dava a muitas mulheres o que falar quando tinham companhia para o chá.

E o segundo motivo era ainda pior, porque era novidade e havia sido falado com o mais entusiasmado interesse pela cidade.

Quem não ficou sabendo da fúria do velho nobre quando seu belo filho, o capitão, se casou com a americana? Quem não ficou sabendo da crueldade com que tratou o capitão e como o jovem grande, alegre e de sorriso doce, que era o único membro da grande família de quem alguém gostava, morreu em uma terra estrangeira, pobre e imperdoável? Quem não ficou sabendo o quão ferozmente Sua Senhoria odiava a pobre jovem criatura que foi a esposa desse filho e como ele odiava pensar em seu filho e nunca pretendia ver o menino, até que seus dois filhos morreram e o deixaram sem um herdeiro? E, então, quem não ficou sabendo que ele havia aguardado sem qualquer afeto ou prazer a vinda de seu neto, e que ele havia decidido que deveria achar o menino um americano vulgar, desajeitado, atrevido, mais propenso a desgraçar seu nome nobre do que a honrá-lo?

O velho orgulhoso e zangado achou que havia mantido todos os seus pensamentos em segredo. Ele não supôs que alguém ousasse adivinhar, muito menos falar sobre o que ele sentia e temia. Mas seus criados o observavam e liam seu rosto e seus maus humores e acessos de tristeza, e discutiam sobre eles quando se encontravam nos aposentos da criadagem. E, enquanto o nobre se considerava bastante seguro de qualquer mexerico, Thomas estava dizendo a Jane e ao cozinheiro e ao mordomo e às criadas e aos outros lacaios que, em sua opinião "o velho estava mais detestável do que de costume por causa do filho do capitão, porque temia que o menino não honrasse o nome da família. Mas ele só pode culpar a si mesmo. O que poderia esperar de uma criança educada em meio à ralé lá na América?".

E, enquanto o reverendo, sr. Mordaunt, caminhava sob as grandes árvores, ele se lembrou de que esse menino questionável havia chegado ao castelo na noite anterior, e que havia nove chances contra uma de que os piores temores de Sua Senhoria se concretizassem, e vinte e duas chances de que, se o pobrezinho o desapontasse, o conde estaria agora mesmo com uma fúria dilacerante, pronto para descarregar todo o seu rancor na primeira pessoa que aparecesse, o que soava exatamente como ele.

Pode-se então imaginar o espanto do clérigo quando Thomas abriu a porta da biblioteca e seus ouvidos foram saudados por um alegre riso infantil.

— Dois fora! — gritou uma vozinha animada e clara.

Havia a cadeira do conde, o banquinho para o pé gotoso e ao lado dele uma pequena mesa com um jogo de tabuleiro sobre ela e, bem perto do nobre, na verdade encostado em seu braço e joelho, estava um garotinho com o rosto brilhando e os olhos dançando de excitação.

— São dois fora! — gritou o pequeno estranho. — O senhor não teve sorte desta vez!

E então os dois perceberam na hora que alguém havia entrado.

O conde olhou em volta, franzindo as sobrancelhas peludas como costumava fazer, e, quando viu quem era, o sr. Mordaunt ficou ainda mais surpreso ao ver que o velho parecia menos desagradável do que o normal. Na verdade, parecia que por um momento o fidalgo esqueceu o quão desagradável era e o quão desagradável ele realmente podia se tornar quando tentava.

— Ah! — disse ele, em sua voz áspera, mas estendendo a mão de forma bastante cortês. — Bom dia, Mordaunt. Eu encontrei um novo *hobby*.

Ele colocou a outra mão no ombro de Cedric. Talvez, no fundo do seu coração, houvesse um sentimento de orgulho gratificado por ser um herdeiro que ele tinha de apresentar. Havia uma faísca de algo parecido com prazer em seus olhos enquanto movia o menino ligeiramente para a frente.

— Este é o novo lorde Fauntleroy — disse ele. — Fauntleroy, este é o sr. Mordaunt, o reverendo da paróquia.

Fauntleroy ergueu os olhos para o cavalheiro com as vestes clericais e estendeu-lhe a mão.

— Estou muito feliz em conhecê-lo, senhor — disse ele, lembrando-se das palavras que ouviu o sr. Hobbs usar em uma ou duas ocasiões quando cumprimentava um novo cliente com cerimônia.

Cedric tinha certeza de que era preciso ser mais educado do que o normal com um ministro.

O sr. Mordaunt segurou sua pequena mão por um momento enquanto olhava para o rosto da criança, sorrindo involuntariamente. Ele gostou do pequenino desde aquele instante, como de fato todos sempre gostavam. E não era a beleza e a graça do menino o que mais o atraía, mas a bondade simples e natural que fazia todas as palavras que proferisse, por mais estranhas e inesperadas que fossem, parecerem agradáveis e sinceras. Quando o pároco olhou para Cedric, ele se esqueceu de pensar no conde. Nada no mundo é tão forte quanto um coração bondoso e, de alguma forma, esse pequeno coração, embora fosse apenas o coração de uma criança, parecia limpar toda a atmosfera da grande sala sombria tornando-a mais iluminada.

— Estou muito feliz em conhecê-lo, lorde Fauntleroy — disse o religioso. — Vejo que fez uma longa jornada para vir até nós. Muitas pessoas ficarão felizes em saber que a viagem foi feita em segurança.

— Foi um longo caminho — respondeu Fauntleroy. — Mas Querida estava comigo, então não estava sozinho. É claro que nunca se está sozinho quando a mãe está presente. E a embarcação era *manífica*.

— Sente-se numa cadeira, Mordaunt — disse o conde.

O sr. Mordaunt sentou-se e parou de olhar para Fauntleroy para olhar para o conde.

— Vossa Senhoria está de parabéns — disse ele calorosamente.

Mas o conde claramente não tinha intenção de demonstrar seus sentimentos sobre o assunto.

— O garoto é como o pai — disse o nobre com certa rispidez. — Esperamos que ele conduza as coisas da maneira mais honesta.

E acrescentou:

— Bem, o que há esta manhã, Mordaunt? Quem está com problemas agora?

Não foi tão ruim quanto o sr. Mordaunt esperava, mas ele hesitou um segundo antes de começar.

— É Higgins — disse ele. — Higgins, de Edge Farm. Ele tem passado por alguns infortúnios. Adoeceu no outono passado e seus filhos tiveram escarlatina. Não posso dizer que ele seja um ótimo agricultor, mas o homem teve azar e, claro, suas obrigações ficaram em atraso. Ele está com problemas por causa do aluguel agora. Newick diz que, se ele não pagar, deverá sair do imóvel. E é claro que isso seria um assunto muito sério.

Sua esposa está doente e ele me procurou ontem para me implorar para ver o que poderia ser feito e pedir-lhe um tempo. Ele acredita que, se Vossa Senhoria lhe der tempo, ele pode retomar a vida novamente.

— Todos eles pensam assim — disse o conde, parecendo bastante sombrio.

Fauntleroy fez um movimento para a frente, pois esteve entre o avô e o visitante, ouvindo com todas as suas forças. Ele começou a se interessar por Higgins imediatamente e se perguntou quantas crianças haveria e se a escarlatina as havia machucado muito. Seus olhos estavam bem abertos e fixos no sr. Mordaunt, com intenso interesse enquanto aquele cavalheiro continuava com a conversa.

— Higgins é um homem bem-intencionado — disse o pároco, fazendo um esforço para fortalecer seu apelo.

— Ele é um inquilino ruim — respondeu Sua Senhoria. — E ele está sempre com o aluguel atrasado, Newick me disse.

— O homem está em apuros agora — disse o reverendo. — Ele gosta muito da esposa e dos filhos e, se a fazenda for tirada dele, todos podem literalmente morrer de fome. Ele não pode lhes fornecer a nutrição de que precisam. Duas das crianças ficaram muito franzinas após a febre, e o médico prescreveu vinho e luxos que Higgins não pode pagar.

Diante disso, Fauntleroy deu um passo para mais perto.

— Foi exatamente assim com Michael — disse ele.

O conde se assustou ligeiramente.

— Eu me esqueci de você! — afirmou o avô. — Esqueci-me de que tinha um filantropo na sala. Quem é Michael?

E o brilho de estranha diversão voltou aos olhos fundos do velho.

— Ele era o marido de Bridget, que estava com febre — respondeu Fauntleroy. — E ele não podia pagar o aluguel ou comprar vinho e outras coisas. E o senhor me deu aquele dinheiro para ajudá-lo.

O conde franziu as sobrancelhas em uma carranca curiosa que, de alguma forma, era menos intimidadora e olhou para o sr. Mordaunt.

— Não sei que tipo de proprietário ele será — disse o nobre. — Eu disse ao sr. Havisham que o menino teria o que quisesse, absolutamente tudo. E o que ele queria, ao que parece, era dinheiro para dar aos indigentes.

— Oh! Mas eles não eram indigentes — disse Fauntleroy ansiosamente. — Michael era um pedreiro esplêndido! Todos tinham emprego.

— Oh! Certo! — disse o conde. — Eles não eram indigentes. Eram pedreiros esplêndidos, engraxates e vendedoras de maçãs.

Ele fixou o olhar no menino por alguns segundos em silêncio. O fato é que um novo pensamento estava vindo para ele e, embora não tenha sido motivado pelas razões mais nobres, não era um pensamento ruim.

— Venha aqui — disse ele, por fim.

O lorde de Fauntleroy foi e ficou o mais próximo possível dele, longe ainda do pé gotoso.

— O que você faria nesse caso? — Sua Senhoria perguntou.

Nesse momento, o sr. Mordaunt experimentou uma sensação curiosa. Sendo um homem de grande consideração, tendo passado tantos anos na propriedade de Dorincourt, conhecendo arrendatários, ricos e pobres, pessoas da aldeia, honestas e trabalhadoras, desonestas e preguiçosas, ele percebeu fortemente que o poder, para o bem ou para o mal, seria dado no futuro a esse pequeno menino parado ali, com seus olhos castanhos bem abertos e suas mãos enfiadas nos bolsos, e veio também o pensamento de que uma grande quantidade de poder poderia, talvez, através do capricho de um homem orgulhoso e autoindulgente, ser dada a ele agora e que, se sua natureza jovem não fosse simples e generosa, o pior poderia acontecer não apenas para os outros, mas para si mesmo.

— E o que você faria nesse caso? — exigiu o conde.

Fauntleroy aproximou-se um pouco mais e pôs a mão em seu joelho, com o ar mais confiante de boa camaradagem.

— Se eu fosse muito rico — disse ele —, e não apenas um garotinho, eu o deixaria ficar e daria os suprimentos aos seus filhos, mas eu sou apenas um menino.

Então, após uma pausa de um segundo, em que seu rosto se iluminou visivelmente, disse:

— O senhor pode fazer qualquer coisa, não é? — questionou o pequeno lorde.

— Humph! — disse o aristocrata, olhando para ele. — Essa é sua opinião, não é?

— Quero dizer que o senhor poderia dar qualquer coisa a qualquer um — disse Fauntleroy. — Quem é Newick?

— Ele é meu administrador — respondeu o conde. — E alguns de meus inquilinos não gostam muito dele.

— O senhor irá escrever uma carta para ele agora? — perguntou Ceddie. — Devo trazer a caneta e a tinta? Posso tirar o tabuleiro dessa mesa.

Obviamente, nem por um instante lhe ocorreu que Newick teria permissão para fazer o pior.

O conde parou por um momento, ainda olhando para ele.

— Você sabe escrever? — perguntou.

— Sim — respondeu o menino —, mas não muito bem.

— Tire as coisas da mesa — ordenou o fidalgo — e traga a caneta e a tinta, e uma folha de papel da minha mesa.

O interesse do sr. Mordaunt começou a aumentar. Fauntleroy obedeceu com muita habilidade. Em alguns momentos, a folha de papel, o grande tinteiro e a caneta estavam prontos.

— Aqui! — disse o garotinho alegremente. — Já pode começar a escrever.

— Você deve escrever — disse o conde.

— EU? — exclamou Fauntleroy, e um rubor espalhou-se por sua testa. — Vai servir se eu escrever? Nem sempre escrevo bem quando não tenho um dicionário e não há ninguém por perto para soletrar.

— Irá servir — respondeu o nobre. — Higgins não reclamará da caligrafia. Eu não sou o filantropo. Você é. Mergulhe a caneta na tinta.

Fauntleroy pegou a caneta e mergulhou-a no tinteiro, depois se acomodou, apoiando-se na mesa.

— Agora — perguntou Cedric —, o que devo dizer?

— Você pode dizer: "Não faça nada com relação a Higgins, por ora", e assine 'Fauntleroy' — disse o avô.

Fauntleroy mergulhou a caneta na tinta novamente e, apoiando o braço, começou a escrever. Foi um processo bastante lento e sério, mas ele pôs toda a sua alma ali. Depois de um tempo, porém, o manuscrito estava completo e ele o entregou ao avô com um sorriso ligeiramente tingido de ansiedade.

— O senhor acha que vai servir? — perguntou a criança.

O conde olhou para ele e os cantos da boca se contraíram um pouco.

— Sim — respondeu ele. — Higgins achará este manuscrito inteiramente satisfatório.

E o entregou ao sr. Mordaunt.

O que o sr. Mordaunt encontrou escrito foi o seguinte:

Caro cenior Newik,

Pur favor, naum fassa nada com relassaum a Higins por ora.

Respetozamente,

FAUNTLEROY

— O sr. Hobbs sempre assinava suas cartas dessa maneira — disse Fauntleroy. — E achei melhor dizer "por favor". A maneira que escrevi a palavra "relação" está correta?

— Não é exatamente como está escrito no dicionário — respondeu o avô.

— Estava com medo disso — disse Fauntleroy. — Eu deveria ter perguntado. Palavras com mais de uma sílaba é preciso olhar no dicionário. É sempre mais seguro. Irei escrever de novo.

E ele o escreveu de novo, fazendo uma cópia bastante imponente e tomando precauções na questão da grafia, consultando o próprio conde.

— Soletrar é uma coisa curiosa — disse ele. — Muitas vezes a forma de escrever é diferente do que se ouve. Eu pensava que "por favor" se escrevia "p-u-r", mas não é, e que "faça" fosse "f-a-s-s-a". Às vezes, esse tipo de coisa me desanima.

Quando o sr. Mordaunt foi embora, levou a carta com ele, mas também levou consigo algo a mais: um sentimento agradável e esperançoso que jamais sentira em qualquer visita anterior feita ao Castelo de Dorincourt.

Quando ele se foi, Fauntleroy, que o acompanhou até a porta, voltou para seu avô.

— Posso ir ver Querida agora? — perguntou o menino. — Acho que ela está esperando por mim.

O conde ficou em silêncio por um momento.

— Há algo no estábulo para você ver primeiro — disse ele. — Toque o sino.

— Por favor — disse o garotinho de cabelos dourados, levemente ruborizado. — Estou muito agradecido, mas acho melhor ver isso amanhã. Mamãe está me esperando.

— Muito bem — respondeu o conde. — Vamos encomendar a carruagem.

Em seguida, acrescentou secamente:

— É um pônei.

Fauntleroy respirou fundo.

— Um pônei! — exclamou Ceddie. — De quem é esse pônei?

— Seu — respondeu o conde.

— Meu? — gritou o pequenino. — Meu... assim como as coisas lá em cima?

— Sim — disse o avô. — Você gostaria de vê-lo? Devo ordenar que seja trazido?

As bochechas de Fauntleroy ficaram cada vez mais vermelhas.

— Nunca pensei que teria um pônei! — desabafou o pequeno lorde. — Jamais pensei nisso! Quão feliz Querida ficará. O senhor me dá tudo mesmo, não é?

— Você gostaria de ver? — perguntou o conde.

Fauntleroy respirou fundo.

— Claro — disse ele. — Eu quero tanto ver que mal posso esperar. Mas temo que não haja tempo.

— É mesmo necessário visitar sua mãe esta tarde? — perguntou o avô. — Será que não pode adiar?

— Ora — disse Fauntleroy —, ela esteve pensando em mim a manhã toda e eu estive pensando nela!

— É mesmo?! — disse o conde. — Neste caso, toque o sino.

Enquanto dirigiam pela avenida, sob as árvores arqueadas, o velho ficou em silêncio. Mas Fauntleroy, não. O garotinho falou sobre o pônei. Questionava-se: Qual era a cor? Quão grande era? Qual era o nome dele? O que ele mais gosta de comer? Que idade tinha? Quão cedo ele poderia se levantar?

— Querida ficará tão feliz! — repetia. — Ela ficará muito grata ao senhor por ser tão gentil comigo! Ela sabe que sempre gostei de pôneis, mas nunca pensamos que eu deveria ter um. Havia um garotinho na Quinta Avenida que tinha um, e ele cavalgava todas as manhãs. Nós costumávamos passear em frente à sua casa para vê-lo.

O menino se recostou nas almofadas e observou o conde com interesse extasiado por alguns minutos e em completo silêncio.

— Eu acho que o senhor deve ser a melhor pessoa do mundo — explodiu ele finalmente.

— O senhor está sempre fazendo o bem e pensando nas outras pessoas. Querida diz que esse é o melhor tipo de bondade, não pensar em si mesmo, mas no próximo. É assim que o senhor é, não é?

O conde ficou tão estupefato ao se ver apresentado em cores tão agradáveis que não soube exatamente o que dizer. Ele sentiu que precisava de tempo para reflexão. Ver cada uma de suas motivações feias e egoístas transformadas em bondade e generosidade pela simplicidade de uma criança era uma experiência singular.

Fauntleroy continuou ainda olhando para ele com olhos de admiração, aqueles olhos grandes, claros e inocentes!

— O senhor faz tantas pessoas felizes — disse ele. — Michael e Bridget e seus dez filhos, a senhora das maçãs, Dick, o sr. Hobbs, o sr. Higgins e a sra. Higgins e seus filhos, o sr. Mordaunt, porque ele obviamente partiu muito satisfeito, e Querida e eu, com o pônei e todas as outras coisas. Sabe, eu contei nos meus dedos mentalmente e são vinte e sete pessoas com quem o senhor tem sido gentil. É muita gente! Vinte e sete!

— E eu fui a pessoa a ser gentil com elas? — disse o conde.

— Ora, mas é claro! — respondeu Fauntleroy. — O senhor fez todos felizes. As pessoas às vezes se enganam sobre o que pensam de condes quando não os conhecem. O sr. Hobbs estava errado. Irei escrever para ele e contar sobre isso.

— Qual era a opinião do sr. Hobbs sobre os condes? — perguntou Sua Senhoria.

— Bem — respondeu seu jovem companheiro —, o problema era que ele não conhecia nenhum pessoalmente, apenas lia a respeito deles em livros. Ele pensava, espero que o senhor não se ofenda, que não passavam de tiranos sanguinários. E disse que não os deixaria perambular por sua loja. Mas, se ele o conhecesse, tenho certeza de que se sentiria bem diferente. Vou contar a ele sobre o senhor.

— O que irá dizer a ele?

— Vou dizer a ele — começou Cedric, radiante de entusiasmo — que o senhor é o homem mais gentil de quem já ouvi falar, que está sempre pensando nas outras pessoas, fazendo-as felizes, e que espero que quando eu crescer eu seja igual meu avô.

— Igual a mim? — repetiu o conde, olhando para o rostinho da criança.

Um vermelho opaco surgiu sob sua pele murcha e, de repente, ele desviou os olhos e olhou pela janela da carruagem em direção às grandes faias, com o sol brilhando em suas folhas castanho-avermelhadas brilhantes.

— Exatamente como o senhor — disse Fauntleroy, acrescentando modestamente. — Se isso for possível, claro. Talvez eu não seja bom o suficiente, mas vou tentar.

A carruagem seguiu pela majestosa avenida sob as belas árvores de ramos largos, através dos espaços de sombra verde e faixas de sol dourado. Fauntleroy viu novamente os lugares adoráveis onde as samambaias cresciam altas e as campânulas azuis balançavam com a brisa. Ele viu um veado, deitado na grama alta, virar seus olhos grandes e assustados enquanto a carruagem passava e vislumbrou os coelhos marrons enquanto eles corriam para longe. Ouviu o zumbido das perdizes, os gritos e os cantos dos pássaros, e tudo lhe pareceu ainda mais bonito do que antes.

Todo o seu coração se encheu de prazer e felicidade em meio à beleza ao redor. Mas o velho conde viu e ouviu coisas muito diferentes, embora aparentemente também estivesse olhando para fora. Ele viu uma vida longa, na qual não houve nem ações generosas nem pensamentos bondosos. Viu anos em que um homem que tinha sido jovem, forte, rico e poderoso usava sua juventude, força, riqueza e poder apenas para agradar a si mesmo e matar o tempo conforme os dias e os anos se sucediam. Viu este homem, quando o tempo foi morto e a velhice chegou, solitário e sem amigos verdadeiros no meio de toda a sua esplêndida riqueza. Viu pessoas que não gostavam dele ou o temiam, e pessoas que o bajulariam e se encolheriam, mas ninguém que realmente se importasse se ele vivesse ou morresse, a menos que tivessem algo a ganhar ou perder com isso.

Ele olhou para os amplos acres que pertenciam a ele e sabia o que Fauntleroy não sabia, o quão longe eles se estendiam, que riqueza eles representavam e quantas pessoas tinham casas em seu solo. E ele sabia também outra coisa que Fauntleroy não sabia, que em todas aquelas casas, humildes ou prósperas, provavelmente não havia uma pessoa, por mais que invejasse a riqueza, o nome e o poder imponentes, e por mais que estivesse disposta a possuí-los, que por um instante sequer pensaria em chamar o nobre proprietário de "bom" ou desejaria, como aquele menino de alma simples, ser como ele.

Não era exatamente agradável refletir sobre isso, mesmo para um homem cínico e mundano que se bastou por si só por setenta anos e que nunca se dignou a se importar com a opinião que o mundo tinha dele, desde que não interferisse em seu conforto ou entretenimento. O fato era que ele nunca antes havia condescendido em refletir sobre isso, e só o fez agora porque uma criança havia acreditado nele mais do que ele próprio, desejando seguir seus passos ilustres e imitar seu exemplo. Isso o fez se questionar se era mesmo a pessoa a ser tomada como modelo.

Fauntleroy achou que o pé do conde deveria estar doendo, pois suas sobrancelhas franziram-se enquanto olhava para o parque. E, pensando isso, o pequenino atencioso tentou não perturbá-lo e desfrutou das árvores, das samambaias e dos cervos em silêncio.

Mas, por fim, a carruagem, tendo passado os portões e rodado pelas pistas verdes por uma curta distância, parou. Eles haviam alcançado Court Lodge, e Fauntleroy pisou no chão quase no mesmo instante em que o grande lacaio abriu a porta da carruagem.

O conde despertou de seu devaneio com um sobressalto.

— O quê? Já chegamos?

— Sim — disse o futuro conde. — Deixe-me pegar a bengala. Apenas se apoie em mim quando sair.

— Não vou sair — respondeu o aristocrata bruscamente.

— Não? Não quer ver Querida? — exclamou Fauntleroy com cara de espanto.

— "Querida" irá me desculpar — disse o velho secamente. — Vá até ela e diga que nem mesmo um novo pônei o manteria longe.

— Ela ficará desapontada — disse Fauntleroy. — Tenho certeza de que mamãe quer muito conhecê-lo.

— Receio que não — foi a resposta. — A carruagem virá pegá-lo mais tarde. Diga a Jeffries que podemos ir, Thomas.

Thomas fechou a porta da carruagem e, após um olhar perplexo, Fauntleroy atravessou correndo o caminho. O conde teve a oportunidade, como o sr. Havisham uma vez teve, de ver um par de perninhas bonitas e fortes tocar o chão com uma rapidez surpreendente. Evidentemente, seu dono não tinha intenção de perder tempo. A carruagem se afastou lentamente, mas Sua Senhoria não se recostou de imediato. Ainda olhava para fora. Através de um espaço nas árvores, podia ver a porta da casa, que estava totalmente aberta. A pequena figura subiu correndo os degraus e outra figura, igualmente pequena, esguia e jovem, em seu vestido preto, correu para encontrá-lo. Parecia que eles voavam juntos quando Fauntleroy saltou nos braços de sua mãe, pendurando-se em seu pescoço e cobrindo seu doce rosto jovem de beijos.

Capítulo VII

Na manhã do domingo seguinte, o sr. Mordaunt tinha uma grande congregação. Na verdade, ele mal conseguia se lembrar de algum domingo em que a igreja estivesse tão lotada. Apareceram pessoas que raramente lhe davam a honra de vir ouvir seus sermões.

Havia até gente de Hazelton, que era a paróquia mais próxima. Havia fazendeiros saudáveis e queimados de sol, esposas robustas e confortáveis, com bochechas rosadas, em seus melhores gorros e xales, e meia dúzia de filhos ou mais para cada família. A esposa do médico estava lá, com suas quatro filhas. A sra. Kimsey e o sr. Kimsey, que mantinham a farmácia, fabricavam comprimidos e preparavam pós para todos os fins em um raio de dois quilômetros, sentaram-se em seus bancos. A sra. Dibble, a srta. Smiff, costureira da aldeia, e sua amiga, a srta. Perkins, a modista, sentaram-se no delas. O jovem médico estava presente, bem como o aprendiz de farmacêutico. Na verdade, quase todas as famílias do condado ao lado estavam representadas, de uma forma ou de outra.

No decorrer da semana anterior, muitas histórias maravilhosas foram contadas sobre o pequeno lorde Fauntleroy. A sra. Dibble tinha estado tão ocupada atendendo aos clientes que entravam para comprar um centavo em agulhas ou um pouco de fita e ouvir o que ela tinha a relatar que a campainha da loja sobre a porta quase estragou.

A sra. Dibble sabia exatamente de que forma os aposentos do pequeno lorde haviam sido mobilados, que dispendiosos brinquedos tinham sido comprados, que havia um pônei castanho à espera dele no estábulo e um moço de estrebaria para cuidar dele, assim como uma pequena charrete e arreios guarnecidos a prata. Também sabia relatar o que todos tinham dito ao avistar a criança na noite em que chegou, e que todas as criadas sem exceção haviam comentado que era uma pena afastar o pobre menino da sua mãe. E não houve quem não sustivesse a respiração quando ele foi sozinho à biblioteca conhecer o avô, pois sabia-se lá de que modo iria ser tratado, pois o mau gênio do conde era suficiente para atemorizar um adulto quanto mais uma criança!

— Só lhe digo, Jennifer — disse a sra. Dibble —, aquela criança não sabe o que é ter medo, e foi o senhor Thomas quem disse. Mal entrou, estendeu a mão a Sua Senhoria e conversou com ela como se fossem velhos amigos. Até o conde ficou surpreso, de modo que nem conseguiu responder o menino. Ficou mudo, a olhar para ele. E, na opinião do senhor Thomas, Sua Senhoria, apesar de ser um homem amargo, ficou contente e orgulhoso, pois nunca se viu um garotinho tão encantador e com tão boas maneiras.

E então veio a história de Higgins. O reverendo Mordaunt a contou durante o jantar, e os criados que a ouviram a contaram na cozinha, e de lá se espalhou como um incêndio. E, no dia do mercado, quando Higgins apareceu na cidade, ele foi questionado por todos os lados. Newick também foi abordado e, em resposta, mostrou a duas ou três pessoas a nota assinada por "Fauntleroy".

Assim, as esposas dos fazendeiros tiveram muito o que conversar durante o chá e as compras, e fizeram justiça ao assunto aproveitando-o ao máximo. E, no domingo, elas foram a pé para a igreja ou foram levadas em suas charretes por seus maridos, que talvez estivessem um pouco curiosos sobre o novo pequeno lorde que com o tempo seria o dono da terra.

Não era de forma alguma hábito do conde ir à igreja, mas ele optou por aparecer nesse primeiro domingo. Foi um capricho seu apresentar-se no enorme banco da família, com Fauntleroy ao seu lado.

Havia muitos transeuntes no cemitério da igreja e outros na alameda naquela manhã. Havia grupos nos portões e na varanda, e houve muita discussão se o futuro conde de Dorincourt realmente apareceria ou não. Quando essa discussão atingiu o auge, uma mulher de repente soltou uma exclamação:

— Aquela deve ser a mãe.

Todos os que ouviram se viraram e olharam para a figura esguia de preto se aproximando. O véu foi jogado para trás de seu rosto e eles puderam ver como era belo e doce, e também como os cabelos brilhantes cresciam tão suavemente quanto os de uma criança sob o gorro da pequena viúva.

Ela não estava pensando nas pessoas ao redor, estava pensando em Cedric, em suas visitas a ela e em sua alegria por seu novo pônei, no qual ele havia cavalgado até sua porta no dia anterior, sentado muito ereto, parecendo muito orgulhoso e feliz. Mas logo ela não pôde deixar de atentar ao fato de estar sendo observada e de sua chegada ter criado algum tipo de sensação. Ela percebeu isso a primeira vez quando uma senhora com uma capa vermelha lhe fez uma cortesia e depois outra fez o mesmo e disse:

— Deus a abençoe, minha senhora!

E um homem após o outro tirou o chapéu quando ela passou.

Por um momento, ela não entendeu e, então, percebeu que era porque ela era a mãe do pequeno lorde Fauntleroy; corou timidamente, sorriu, curvou-se em resposta e disse: "Obrigada", em uma voz gentil para a senhora que a abençoou.

Para uma pessoa que sempre viveu em uma cidade americana movimentada e lotada, essa simples deferência era muito nova e, a princípio, um pouco embaraçosa. Mas, afinal, ela não podia deixar de gostar e de ser tocada pela cordialidade amigável que aquelas saudações refletiam. Ela mal havia passado pelo pórtico de pedra da igreja quando o grande acontecimento do dia ocorreu. A carruagem do castelo, com seus belos cavalos e altos criados de libré, dobrou a esquina e desceu a alameda verde.

— Lá vem eles! — falou um observador.

E então a carruagem parou, Thomas desceu e abriu a porta, e um garotinho, vestido de veludo preto com uma esplêndida mecha de cabelos brilhantes ondulados, saltou.

Cada homem, mulher e criança olhou com curiosidade para ele.

— Ele é idêntico ao capitão! — disseram os espectadores que se lembravam de seu pai. — É o próprio capitão!

Ceddie ficou parado sob o sol, olhando para o conde, enquanto Thomas ajudava aquele nobre a sair, com o interesse mais afetuoso que se poderia imaginar. No instante em que pôde ajudar, o garotinho estendeu a mão e ofereceu o ombro como se tivesse dois metros de altura. Era bastante claro para todos que, fosse como fosse com outras pessoas, o conde de Dorincourt não aterrorizava seu neto.

— Apoie-se em mim — eles o ouviram dizer. — Como as pessoas estão felizes em vê-lo e como todos parecem conhecê-lo bem!

— Tire o gorro, Fauntleroy — disse o conde. — Eles estão se curvando para você.

— Para mim? — gritou o pequeno lorde, tirando seu gorro imediatamente, descobrindo seus cachos dourados para a multidão e voltando seus olhos brilhantes e perplexos para eles enquanto tentava se curvar a todos ao mesmo tempo.

— Deus abençoe Vossa Senhoria! — disse a cortês senhora de capa vermelha que falou com sua mãe. — Vida longa, meu senhor!

— Obrigado, senhora — disse Fauntleroy.

E então eles entraram na igreja e foram vistos lá caminhando pelo corredor até o banco quadrado com almofadas vermelhas acortinado. Quando Fauntleroy estava razoavelmente sentado, fez duas descobertas que lhe agradaram: a primeira foi que, do outro lado da igreja, sua mãe estava sentada sorrindo para ele. A segunda foi que, em uma extremidade do banco, contra a parede, ajoelhavam-se duas figuras pitorescas esculpidas em pedra, uma de frente para a outra, de cada lado de um pilar que sustentava dois missais de pedra. Suas mãos pontudas e dobradas estavam como se estivessem orando, e seus trajes eram muito antigos e estranhos. Na tabuinha ao lado deles, estava escrito algo no qual ele só conseguia ler as palavras curiosas:

Aqui jaz o corpo de Gregorye Arthure Fyrst Earle de Dorincourt e Alisone Hildegarde, sua esposa.

— Posso sussurrar? — perguntou o pequeno lorde, devorado pela curiosidade.

— O que é? — disse o avô.

— Quem são eles?

— Alguns de seus ancestrais — respondeu o conde — que viveram há algumas centenas de anos.

E então ele começou a prestar atenção no que ocorria na igreja. Quando a música começou, Cedric se levantou e olhou para sua mãe, sorrindo. Ele gostava muito de música, e sua mãe e ele frequentemente cantavam juntos. Então o garoto se juntou aos outros no coro, com sua voz pura, doce e aguda elevando-se tão clara quanto o canto de um pássaro. O menino sentiu tanto prazer que se esqueceu de todo o resto. O conde também se esqueceu um pouco de si. Sentado no canto do banco, protegido por uma cortina, observava o menino.

Cedric estava com o livro de salmos aberto nas mãos, extasiado, cantando com toda sua força infantil. Sua cabeça estava elevada e, enquanto cantava, um longo raio de sol rastejou inclinado através de uma vidraça dourada de uma janela de vitral, iluminando os cabelos caindo sobre sua jovem cabeça. Sua mãe, ao olhar para ele do outro lado da igreja, sentiu uma emoção passar por seu coração, e uma prece cresceu nele, uma prece para que a felicidade pura e simples de sua alma infantil durasse, e para que essa estranha e significativa fortuna que caiu sobre ele não trouxesse nenhum mal para si ou para ela. Havia muitos pensamentos suaves e ansiosos em seu terno coração naqueles novos dias.

"Oh, Ceddie!", ela havia dito a ele na noite anterior, enquanto se inclinava sobre ele para dizer boa noite, antes que o filho fosse embora: "Oh, Ceddie, querido, quisera eu, para seu bem, ser inteligente o suficiente para dizer-lhe sempre coisas sábias! Desejo que seja bom, corajoso, gentil e verdadeiro sempre. Assim, nunca machucará ninguém enquanto viver e poderá ajudar muitas pessoas, e o mundo poderá ser melhor porque meu filhinho nasceu. E isso é o melhor de tudo, Ceddie. É melhor do que qualquer outra coisa que possa desejar. Que o mundo se torne um pouco melhor porque um homem viveu nele, mesmo que melhore pouco".

E, em seu retorno ao castelo, Fauntleroy repetiu as palavras dela para seu avô.

— E eu pensei no senhor quando ela disse isso. Disse a ela que o mundo era assim porque o senhor vive nele e que eu iria tentar, se possível, seguir seus passos.

— E o que ela disse sobre isso? — perguntou Sua Senhoria, um pouco inquieto.

— Ela disse que estava certo e que devemos sempre procurar o que há de bom nas pessoas e tentar trazer isso que vimos no outro para si.

Talvez tenha sido disso que o velho se lembrou enquanto olhava através das dobras divididas da cortina vermelha de seu banco. Muitas vezes ele olhava por cima das cabeças do povo, para onde estava sentada sozinha a esposa de seu filho, e via o belo rosto que seu imperdoável e falecido filho havia amado, e os olhos que eram tão parecidos com os da criança ao seu lado. Mas quais eram seus pensamentos, se eram duros e amargos ou um pouco amolecidos, era difícil descobrir.

Ao saírem da igreja, muitos dos que compareceram ficaram esperando para vê-los passar. Ao se aproximarem do portão, um homem que estava com o chapéu na mão deu um passo à frente e hesitou. Ele era um fazendeiro de meia-idade, com um rosto preocupado.

— Bem, Higgins — disse o conde.

Fauntleroy se virou rapidamente para olhar para ele.

— Oh! — Cedric exclamou. — É o sr. Higgins?

— Sim — respondeu o conde secamente. — Suponho que tenha vindo dar uma olhada em seu novo senhorio.

— Sim, meu senhor — disse o homem, com seu rosto queimado de sol ficando vermelho. — O sr. Newick me disse que o jovem senhorio foi gentil o suficiente para pedir por mim, e achei que seria prudente dizer-lhe uma palavra de agradecimento, se me permitir.

Talvez o homem tenha ficado espantado ao ver que sujeitinho era aquele que inocentemente havia feito tanto por ele, e que ficou ali olhando para cima, exatamente como um de seus próprios filhos menos afortunados poderia ter feito, aparentemente sem perceber sua própria importância.

— Tenho muito a agradecer a Vossa Senhoria — disse ele. — Eu...

— Oh — disse Fauntleroy. — Eu só escrevi a carta. Foi meu avô quem fez isso. Mas o senhor já deve saber como ele sempre é bom para todos. A sra. Higgins está bem agora?

Higgins pareceu um pouco surpreso. Ele também ficou um tanto pasmo ao ouvir seu nobre senhorio ser apresentado no caráter de um ser benevolente, cheio de qualidades envolventes.

— Eu... bem... sim, Vossa Senhoria — ele gaguejou. — A senhora está melhor desde que o problema foi tirado de sua mente. As preocupações a haviam derrubado.

— Estou feliz por isso — disse o futuro conde. — Meu avô lamentou muito que seus filhos estivessem com escarlatina e eu também. Ele mesmo teve filhos. Eu sou o garotinho do filho dele.

Higgins estava prestes a entrar em pânico. Sentiu que o plano mais seguro e discreto seria não olhar para o conde, pois era bem sabido que a afeição paternal dele pelos filhos era tanta que ele os via cerca de duas vezes por ano e, quando ficavam enfermos, partia prontamente para Londres, porque não se entediaria com médicos e enfermeiras. Foi um pouco cansativo, portanto, para os nervos de Sua Senhoria ouvir, enquanto ele olhava, com os olhos brilhando sob as sobrancelhas peludas, que sentia interesse pela escarlatina.

— Sabe, Higgins — interrompeu o conde com um belo sorriso sombrio —, vocês se enganaram comigo. Lorde Fauntleroy me entende. Quando quiser informações confiáveis sobre meu caráter, recorra a ele. Entre na carruagem, Fauntleroy.

E Cedric saltou para dentro. A carruagem rodou pela estrada verde e, mesmo quando dobrou a esquina para a estrada principal, o conde ainda sorria sombriamente.

CAPÍTULO VIII

O conde de Dorincourt teve a oportunidade de usar seu sorriso severo muitas vezes com o passar dos dias. Na verdade, à medida que seu relacionamento com o neto progredia, ele o usava com tanta frequência que havia momentos em que quase perdia a austeridade. Não há como negar que, antes de lorde Fauntleroy entrar em cena, o velho estava ficando muito cansado de sua solidão, de sua gota e de seus setenta anos. Depois de uma vida tão longa de excitação e diversão, não era agradável sentar-se sozinho, mesmo na sala mais esplêndida, com um pé gotoso em um banquinho e sem outra diversão a não ser ter um acesso de raiva e gritar com um lacaio assustado que odiava a visão dele.

O velho conde era um homem inteligente demais para não saber perfeitamente bem que seus criados o detestavam e que, mesmo que recebesse visitas, elas não vinham por amor a ele, embora alguns achassem certa graça em ouvir sua fala áspera e sarcástica, que não poupava ninguém.

Enquanto esteve forte e bem, ele foi de

um lugar para outro, fingindo se divertir, embora de fato não estivesse apreciando e, quando sua saúde começou a piorar, ele se sentiu cansado de tudo e se trancou em Dorincourt, com sua gota e seus jornais e livros. Mas o velho não conseguia ler o tempo todo e ficava cada vez mais entediado. Odiava os longos dias e noites, e foi ficando cada vez mais rude e irritado. E então Fauntleroy veio e, quando o conde o viu, felizmente para o pequenino, o orgulho secreto do avô revelou-se imediatamente.

Se Cedric fosse um rapazinho menos bonito, o velho conde poderia ter sentido uma antipatia tão forte por ele que não teria se dado a chance de ver as melhores qualidades do neto. Mas ele escolheu pensar que a beleza e o espírito destemido de Cedric eram resultados do sangue Dorincourt e um crédito para a linhagem. E então, quando ouviu o menino falar e percebeu o rapazinho bem-educado que era, apesar de sua ignorância infantil de tudo o que sua nova posição significava, o homem simpatizou mais ainda com o menino e realmente começou a ficar bastante entretido. Divertiu-se em entregar àquelas mãos infantis o poder de conceder um benefício ao pobre Higgins.

O conde não se importava com o pobre homem, mas ficou um pouco satisfeito em pensar que a fama de seu neto correria na boca do povo do campo tornando-o popular entre os arrendatários, ainda na infância. Então, ficou grato em dirigir-se até a igreja com Cedric e ver a empolgação e o interesse causados por sua chegada. Ele sabia como as pessoas falariam da beleza do menininho, de seu corpo esbelto e forte, de sua postura ereta, seu belo rosto e seus cabelos brilhantes, e como eles diriam (o conde ouviu duas mulheres comentando) que o menino era "um lorde em cada centímetro". O fidalgo era um velho arrogante, orgulhoso de seu nome, de sua posição e, portanto, de mostrar ao mundo que finalmente o castelo de Dorincourt tinha um herdeiro digno da posição que ocuparia.

Na manhã em que o novo pônei foi montado, o conde ficou tão satisfeito que quase esqueceu a gota. Quando o cavalariço trouxe a linda criatura, que arqueava o pescoço acastanhado e lustroso e jogava a bela cabeça ao sol, ele se sentou à janela aberta da biblioteca e ficou olhando enquanto Fauntleroy tinha sua primeira aula de equitação. O aristocrata teve receio de que o menino mostrasse sinais de timidez. Não era um pônei muito pequeno, e ele sempre viu crianças perderem a coragem ao fazer seu primeiro ensaio de equitação. Mas Fauntleroy montou com grande entusiasmo. O jovenzinho nunca havia montado em um pônei e estava muito animado. Wilkins, o cavalariço, conduzia o animal pelas rédeas para cima e para baixo diante da janela da biblioteca.

— Ele é um sujeito de boa educação. — Wilkins comentou no estábulo mais tarde com um grande sorriso. — Não tive problema algum em colocá-lo no animal. E que postura! Alguém mais velho não saberia sentar-se com tanta elegância. Ele me perguntou se estava sentado da maneira correta e disse que no circo todos se sentam com perfeição. E eu lhe respondi que ele estava tão reto quanto uma régua. Ele riu e pediu-me para avisar-lhe caso se curvasse.

Mas sentar-se ereto e ser conduzido a uma caminhada não o satisfazia completamente. Depois de alguns minutos, Fauntleroy falou com seu avô, que o observava da janela:

— Não posso ir sozinho? — questionou o garotinho. — E não posso ir mais rápido? O menino da Quinta Avenida costumava trotar e galopar!

— Acha que conseguiria trotar e galopar? — disse o conde.

— Eu gostaria de tentar — respondeu o futuro conde de Dorincourt.

Sua Senhoria fez um sinal para Wilkins, que trouxe seu próprio cavalo, montou nele e pegou o pônei de Fauntleroy pelas rédeas.

— Agora — disse o conde — deixe-o trotar.

Os próximos minutos foram bastante emocionantes para o pequeno cavaleiro. Ele descobriu que trotar não era tão fácil quanto andar e, quanto mais rápido o pônei trotava, mais difícil ficava.

— Sa-co-de ummm pou-co, n-ã-ã-ã-o é? — relatou a Wilkins.

— Não, meu senhor — respondeu Wilkins. — Com o tempo irá se acostumar. Suba em seus estribos.

— M-m-meu pé es-tá s-s-saindo de-les — disse Fauntleroy.

O garotinho saltava desconfortavelmente na sela, aos pulos e às sacudidelas. Ele estava sem fôlego e seu rosto ficou vermelho, mas se segurou com todas as suas forças e se sentou o mais ereto que pôde. O conde assistia a tudo de sua janela.

Quando os cavaleiros retornaram e já podiam ser ouvidos, depois de terem desaparecido entre as árvores por alguns minutos, Fauntleroy estava sem seu chapéu, que voou. Suas bochechas pareciam papoulas e seus lábios estavam contraídos, mas ele ainda trotava corajosamente.

— Espere! — disse seu avô. — Onde está seu chapéu?

Wilkins, tocando seu, disse:

— Caiu, Vossa Senhoria. Não pude parar para pegá-lo, meu senhor.

— Ele não é dos mais medrosos, não é? — perguntou o conde secamente.

— Medo, ele? — respondeu Wilkins. — Atrevo-me a dizer que ele não sabe o que seja isso. Já ensinei muitos jovens a montar e nunca encontrei um com tamanha determinação.

— Está cansado? — disse o conde a Fauntleroy. — Gostaria de uma pausa para descansar?

— Sacode mais do que eu imaginava — admitiu sua jovem senhoria com franqueza. — E também cansa um pouco, mas eu não quero parar. Quero continuar aprendendo. Assim que recuperar o fôlego, quero voltar para pegar o chapéu.

Se a pessoa mais inteligente do mundo tivesse se comprometido a ensinar Fauntleroy a agradar ao idoso que o observava, não o teria feito melhor do que o próprio Cedric.

Quando o pônei trotou novamente em direção à avenida, uma cor avermelhada tênue surgiu no rosto velho do conde, e os olhos, sob as sobrancelhas peludas, brilharam com um prazer que Sua Senhoria dificilmente sentiria novamente. O nobre sentou-se e aguardou, com grande ansiedade, pelo ruído das ferraduras, anunciando o regresso dos cavaleiros. Quando os avistou, algum tempo depois, reparou que vinham a um ritmo mais rápido. Fauntleroy continuava sem chapéu (era Wilkins quem o trazia na mão). Ambos estavam com as faces ainda mais coradas do que antes e os cabelos voavam ao vento, mas regressavam a meio-galope.

— Olhe, vovô! — disse o pequeno lorde ofegante, enquanto se aproximavam. — Eu galopei. Não fiz tão bem quanto o garoto da Quinta Avenida, mas consegui e continuei firme!

Ele, Wilkins e o pônei se tornaram amigos inseparáveis depois disso. Não havia um dia sequer em que o povo do campo não os visse juntos, galopando alegremente na estrada ou nas alamedas verdes. As crianças nas cabanas corriam até a porta para olhar para o pequeno pônei e a pequena figura galante sentada ereta na sela.

O jovem lorde tirava seu chapéu da cabeça e o balançava para o povo, gritando: "Olá! Bom Dia!" de uma maneira muito desajeitada, embora com grande cordialidade. Às vezes, ele parava e falava com as crianças, e certa vez Wilkins retornou ao castelo com uma história de como Fauntleroy havia insistido em desmontar perto da escola da aldeia, para que um menino manco, exaurido, pudesse voltar para casa em seu pônei.

— Imagine só — disse Wilkins, ao contar a história nos estábulos — se havia algum modo de contrariá-lo? Ele não me deixou demonstrar e pôr o menino em meu cavalo, porque ele poderia não se sentir confortável em um animal tão grande. Sua Senhoria disse: "Wilkins, ele é manco e eu não. Além disso, gostaria de ir conversando com ele". E lá foi o rapazinho, montado no pônei, com Sua Senhoria caminhando ao lado com as mãos nos bolsos e o chapéu na nuca preso ao pescoço, assobiando e tagarelando alegremente! E, quando chegamos à cabana, e a mãe do menino apareceu para ver o que estava acontecendo, ele desamarrou o chapéu, fez uma reverência e disse: "Trouxemos seu filho para casa, senhora, pois a perna dele doía, e acredito que aquele pedaço de madeira não seja suficiente para ele se apoiar. Irei pedir ao meu avô que mande fazer um par de muletas para ele". A mulher ficou boquiaberta, como era de se esperar, e eu pasmo ao ouvir aquilo!

Quando o conde ouviu a história, não ficou zangado, embora Wilkins tivesse medo de que ficasse. Pelo contrário, o velho gargalhou e chamou Fauntleroy, e o fez contar tudo sobre o assunto do começo ao fim, e então riu novamente.

Alguns dias depois, a carruagem de Dorincourt parou na alameda verdosa diante da cabana onde o menino morava, e Fauntleroy saltou e caminhou até a porta, carregando em seus ombros um par de muletas novas, leves e fortes, e as entregou à sra. Hartle, mãe do menino, com as seguintes palavras:

"Com os cumprimentos do meu avô. Isto é para seu filho. Caso aceite, esperamos que o ajude a melhorar."

— Eu disse que foram seus cumprimentos — explicou ele ao conde quando voltou para a carruagem. — O senhor não me disse o que falar, mas pensei que talvez tivesse esquecido. Fiz certo?

E o conde regozijou-se mais uma vez e não discordou do neto. Na verdade, os dois estavam se tornando cada vez mais íntimos e, a cada dia, a fé do garotinho na benevolência e na virtude do velho conde aumentava. Ele não tinha dúvidas de que seu avô era o mais amável e generoso dos cavalheiros, pois ele mesmo encontrava seus desejos satisfeitos antes mesmo de serem expressos, e tantos regalos e prazeres eram derramados sobre ele que às vezes quase ficava perplexo com suas próprias posses. O garotinho tinha aval para fazer o que quisesse e o avô dava-lhe tudo o que desejava. E, embora esse certamente não fosse um plano muito sábio a ser seguido com todos os meninos, sua jovem senhoria lidou com ele surpreendentemente bem. Talvez, mesmo com uma natureza doce, Cedric tivesse ficado um pouco mimado se não fosse pelas horas passadas com sua mãe em Court Lodge. Sua "melhor amiga" zelava por ele, atenta e afetuosamente. Os dois passavam longas horas conversando, e ele nunca retornava ao castelo sem seus carinhosos beijos e algumas sábias palavras no coração.

Contudo, havia algo que ainda intrigava o futuro conde de Dorincourt. Na verdade, aquilo incomodava muito o pequenino. Ele refletia sobre o mistério por trás disso com muito mais frequência do que qualquer um supunha. Nem mesmo sua mãe sabia o quanto ele pensava no assunto, e o conde por muito tempo nunca suspeitou dessa inquietação. Mas, sendo um bom observador, o menino não pôde deixar de se perguntar por que sua mãe e seu avô pareciam nunca se encontrar. Ele percebeu que eles nunca foram apresentados. Quando a carruagem de Dorincourt parava em Court Lodge, o conde nunca descia e, nas raras ocasiões em que o avô ia à igreja, Fauntleroy sempre era deixado sozinho para falar com a mãe ou talvez ir para casa com ela.

No entanto, todos os dias, frutas e flores eram enviadas para Court Lodge das estufas do castelo. Mas a única ação virtuosa que colocou o conde no pináculo da perfeição aos olhos de Cedric foi o que ele fez logo depois daquele primeiro domingo, quando a sra. Errol saiu da igreja e foi sozinha para casa. Cerca de uma semana depois, quando Cedric estava indo visitar sua mãe, ele encontrou em frente ao castelo, em vez da grande carruagem com sua dupla de cavalos, um elegante cupê e um belo cavalo baio.

— É um presente seu para sua mãe — disse o conde abruptamente. — Ela não deve andar por aí a pé. Precisa de uma carruagem. O cocheiro se encarregará de conduzi-la e ficará à disposição. Este é um presente seu.

A felicidade de Fauntleroy não cabia dentro de si. O garotinho mal conseguia se conter até chegar a Court Lodge. Sua mãe estava colhendo rosas no jardim e ele se atirou para fora da pequena carruagem, correndo em sua direção.

— Querida! — ele gritou. — Veja só! Isso é seu! Meu avô disse que é um presente meu. É sua própria carruagem para ir a qualquer lugar!

Ele estava tão feliz que ela não sabia o que dizer e não suportaria estragar a alegria do filho recusando-se a aceitar o presente, embora fosse do homem que decidiu se considerar seu inimigo. A viúva foi obrigada a entrar no cupê, do jeito que estava, com as rosas na mão, e se deixou conduzir, enquanto Fauntleroy lhe contava histórias sobre a bondade e a amabilidade de seu avô. Eram narrativas tão inocentes que às vezes ela não conseguia segurar o riso, e então puxava o filhinho para perto e o beijava, sentindo-se feliz por ele ver apenas o lado bom do velho conde, que tinha tão poucos amigos.

No dia seguinte, Fauntleroy escreveu ao sr. Hobbs. Redigiu uma carta bastante longa e, depois que o rascunho foi escrito, ele o trouxe para seu avô para ser inspecionado.

— Quero que a leia, pois estou incerto quanto à grafia. E, se o senhor puder apontar os erros, escreverei novamente.

E isto foi o que o pequeno lorde escreveu:

Caro cenior Hobbs,

Qero contar-le sobri o meu avô, o melior conde qe já conieci. É um erro pençar qe condis sejao tiranus. Ele naum é um tiranu e dezejo qe se coniesam em breve. Sei qe serao bons amigos, tenio certesa. Ele tem gota no pé e sente muintas dores, mas é taum pasiente qe eu o amo cada dia mais. Ningém poderia deixar de amar um conde qe é taum jentiu com todos. Eu gostaria qe o cenior conversase com ele. Meu avô tem todo o coniecimento do mundo e o cenior poderia peguntar o qe qizese a ele, menus sobri beizebol. Ele me deu um ponei e a minia mamae um cupe e um cavalo. Tenio tres cuartos e brinqedos de todos os tipos. O cenior ficaria surprezo com o castelo e o parqe. É um castelo taum grande qe poderia se perder. Wilkins me diçe, Wilkins é o cavalariso, qe a uma masmora sob o castelo. Tudo no parqe é muinto bunito, tem arvures taum grandes, com veados, coelios e aves voando sobre as copas. Meu avô é muinto rico, mas naum é orguliozo e autivo como o cenior pensava qe os condis eram, e eu gosto de estar com ele. As pesoas saum taum educadas e jentis qe tiram o xapéu pra mim. As mulieres fasem reverencias e as veses disem "abensoado seja". Eu sei cavalgar agora, mas no comeso sacodia muinto qando trotava. Meu avô deixou um omem pobre permaneser em sua casa mesmo ele naum podendo pagar o alugel e a ceniora Mellon foi levar vinio e coizas pra seus filios duentes. Eu gostaria de ver o cenior e dezejo qe "Qerida" va viver no castelo conosco, mas fico muinto felis quando eu naum sinto tanto a falta dela e eu amo meu avô, e todas as pesoas. Naum demore pra me escrever.

De seu *velio* amigo,

Cedric Errol

P.S.: As masmoras estaum vasias, meu avô nunca prendeu ningém lá.

P.S.: Ele é um condi muinto bondozo e me lembra o cenior. Ele é o favorito aqi.

— Você sente muito a falta de sua mãe? — perguntou o conde quando terminou de ler a carta.

— Sim — disse Fauntleroy. — Sinto falta dela o tempo todo.

Ceddie foi em direção ao conde e parou diante dele com a mão em seu joelho. Em seguida, disse, olhando para o avô:

— O senhor não sente falta dela, não é? — questionou o menino.

— Eu não a conheço — respondeu o velho conde um tanto áspero.

— Eu sei disso — disse Fauntleroy. — E é justamente isso que me faz pensar no assunto. Ela me disse para não fazer perguntas, e eu não farei, mas às vezes não consigo deixar de pensar, e isso me deixa perplexo. Mas não irei fazer perguntas. Quando eu sinto muito a falta dela, vou até a janela, olho para fora e vejo uma luz brilhar para mim todas as noites através de uma clareira na floresta. Sei que é muito longe, mas ela a coloca na janela assim que escurece, e posso vê-la brilhar. Sei qual é seu significado.

— E qual é seu significado? — perguntou o conde.

— "Boa noite, que Deus o proteja durante a noite!", exatamente o que ela costumava falar quando estávamos juntos. Todas as noites ela costumava me dizer isso, e todas as manhãs dizia: "Que seu dia seja abençoado!". Portanto, como pode ver, estou bastante protegido o tempo todo.

— Certamente, não tenho dúvidas — disse seu avô secamente.

E ele franziu as sobrancelhas salientes e olhou para o menino tão fixamente e por tanto tempo que Fauntleroy se perguntou no que ele estaria pensando.

CAPÍTULO IX

O fato era que Sua Senhoria, o conde de Dorincourt, pensava em muitas coisas nas quais nunca havia refletido antes, e todos os seus pensamentos estavam, de uma forma ou de outra, relacionados com seu neto.

O orgulho era a parte mais dominante de sua natureza, e o menino o satisfazia em todos os aspectos. Por meio desse orgulho, o conde sentiu despertar um novo interesse pela vida. Começou a sentir enorme prazer em mostrar seu herdeiro ao mundo. Era conhecimento de todos sua decepção com os filhos. Portanto, havia um agradável toque de triunfo na exibição desse novo lorde Fauntleroy, que não decepcionava absolutamente ninguém. Ele desejava que a criança apreciasse seu próprio poder e compreendesse o esplendor de sua posição. Almejava que os outros também percebessem isso.

O fidalgo traçava planos para o pequeno lorde. Às vezes, em segredo, realmente desejava que sua vida tivesse sido melhor, e que houvesse menos nela de que aquele coração puro e infantil se esquivasse se soubesse a verdade. Não era agradável pensar como aquele rosto bonito e inocente ficaria se seu dono por acaso fosse levado a entender que seu avô havia sido chamado por muitos anos de "o perverso conde de Dorincourt". O pensamento até o deixava um pouco ansioso, pois não queria que o menino descobrisse a verdade.

Algumas vezes, por causa desse novo interesse, esquecia-se de sua gota. Passado algum tempo, seu médico ficou surpreso ao descobrir que a saúde de seu nobre paciente estava ficando melhor do que o esperado. Talvez o conde estivesse melhorando porque o tempo agora não passava tão devagar e ele tinha algo em que pensar além de suas dores e enfermidades.

Certa manhã, as pessoas ficaram admiradas ao ver o pequeno lorde Fauntleroy cavalgando em seu pônei com outro companheiro que não Wilkins. Essa nova companhia montava em um cavalo cinza alto e poderoso, e era ninguém menos do que o próprio conde. Na verdade, foi Fauntleroy quem sugeriu esse passeio. Quando estava prestes a montar em seu pônei, disse um tanto melancolicamente ao avô:

— Eu queria que o senhor fosse comigo. Quando saio para cavalgar, fico triste porque deixei o senhor sozinho em um castelo tão grande. Queria muito que o senhor pudesse cavalgar também.

E a maior empolgação foi despertada nos estábulos alguns minutos depois com a chegada de uma ordem para que Selim, o cavalo favorito do conde, fosse selado. Depois disso, o animal passou a ser selado quase todos os dias, e as pessoas se acostumaram com a visão do animal de pelo acinzentado, imponente, carregando o velho altivo de cabelos grisalhos, com seu belo e feroz rosto de águia, ao lado do pônei castanho que carregava o pequeno lorde Fauntleroy.

Em seus passeios juntos pelas alamedas verdejantes e estradas rurais, os dois cavaleiros tornaram-se mais íntimos do que nunca. Aos poucos, o velho conde ouviu muito sobre "Querida" e sua vida. Enquanto trotava ao lado do imponente cavalo, o neto tagarelava alegremente. Não poderia ter havido um companheiro mais animado, tamanha era sua felicidade. O pequenino era quem mais falava e sempre havia assunto.

O conde costumava ficar em silêncio, ouvindo e observando aquele rosto alegre e radiante. Às vezes, dizia ao jovem companheiro para pôr o pônei a galope e, quando o pequenino partia, sentado ereto e destemido, ele o observava com brilho e prazer nos olhos. E quando, depois de tal corrida, Fauntleroy voltava acenando seu chapéu, sempre sentia que ele e seu avô eram realmente bons amigos.

Uma coisa que o conde descobriu foi que a esposa de seu filho não levava uma vida ociosa. Não demorou muito para que ele soubesse que os pobres a conheciam muito bem. Quando havia doença, tristeza ou pobreza em qualquer casa, um pequeno embrulho muitas vezes era colocado diante de suas portas.

— Sabe, vovô — disse o garotinho de cabelos encaracolados certa vez —, todos eles dizem "Deus a abençoe!" quando a veem, e as crianças ficam felizes. Há quem vá à casa dela para aprender a costurar, e Querida diz que se sente tão rica agora que quer ajudar os pobres.

Não desagradou o conde saber que a mãe do seu herdeiro era tão bela, graciosa e distinta quanto uma duquesa e, de certa forma, até gostava de que ela fosse popular e querida entre os mais pobres. No entanto, não deixava de sentir ciúmes do lugar que ela ocupava no coração do filho e da forma como o rapaz a considerava a sua "melhor amiga". O avô desejava ter o lugar privilegiado no coração e nos afetos do neto. Naquela mesma manhã, puxou o cavalo para um ponto elevado da charneca sobre a qual cavalgavam e fez um gesto com o chicote sobre a ampla e bela paisagem que se estendia à sua frente.

— Você sabia que toda aquela terra me pertence? — disse ele a Fauntleroy.

— É mesmo? — respondeu o futuro conde de Dorincourt. — É muito para pertencer a uma só pessoa. Que lindeza!

— Algum dia tudo isso pertencerá a você, isso e muito mais!

— A mim? — exclamou Fauntleroy com uma voz bastante assustada. — Quando?

— Quando eu partir — respondeu o avô.

— Então eu não quero — disse Fauntleroy. — Eu quero que o senhor viva para sempre.

— Isso é muito gentil de se dizer — respondeu o conde de maneira seca. — No entanto, um dia tudo será seu, e nesse dia você será o conde de Dorincourt.

O pequeno lorde Fauntleroy permaneceu sentado na sela por alguns instantes. Ele olhou para as extensas charnecas, as fazendas verdes, os belos bosques, as cabanas nas vielas, o belo vilarejo e as árvores até onde as torres do grande castelo se erguiam, cinzentas e imponentes, e então suspirou.

— No que você está pensando? — perguntou o conde.

— Estou pensando — respondeu Fauntleroy — que sou apenas um menino e no que Querida me disse.

— E o que foi? — perguntou o avô.

— Ela disse que talvez não fosse tão fácil ser rico, que alguém que sempre teve acesso a muitas coisas pode às vezes se esquecer de que os outros podem não ter tido uma vida tão afortunada. E que isso era algo que os ricos deveriam sempre se lembrar. Eu estive conversando com ela sobre como o senhor era bom, e ela disse que isso era uma coisa boa porque um conde é alguém que detém muito poder, e se ele se importasse apenas com seu próprio prazer e nunca pensasse naqueles que viviam em suas terras essas pessoas poderiam passar por dificuldades. Esses problemas poderiam ser evitados, mas há tantas pessoas a serem ajudadas que acaba sendo uma tarefa difícil para um conde. Eu passei um tempo olhando para todas aquelas moradias e fiquei pensando em como poderei descobrir quem são aquelas pessoas quando eu for um conde. Como o senhor conheceu todas elas?

Uma vez que o conhecimento de Sua Senhoria sobre os inquilinos consistia em descobrir quais deles pagavam o aluguel prontamente e em despejar aqueles que não o faziam, esta era uma questão bastante difícil.

— Newick é quem cuida desses assuntos — disse ele, puxando seu grande bigode grisalho e olhando para seu pequeno questionador com certa inquietação. — Vamos voltar para casa agora — acrescentou. — E, quando você for um conde, certifique-se de que seja um conde melhor do que eu!

O aristocrata manteve-se em silêncio enquanto retornavam ao castelo. Refletia sobre como era quase inacreditável que ele, que nunca na vida amou verdadeiramente alguém, se sentisse cada vez mais afeiçoado àquele rapazinho. No começo, ele só estava satisfeito e orgulhoso da beleza e bravura de Cedric, mas agora havia algo além do orgulho em seu sentimento. Por vezes, o conde ria de si próprio quando pensava em como gostava de ter o neto consigo, de ouvir sua voz, e como, em segredo, almejava que o menino o admirasse e o tivesse em boa conta.

— Sou mesmo um velho senil... não tenho mais nada em que pensar — dizia para si mesmo.

No entanto, o velho conde sabia que não era bem assim. Talvez, se tivesse se permitido admitir a verdade, o fidalgo se visse obrigado a aceitar que o que o neto viu nele de bom eram precisamente as qualidades que ele nunca teve: a natureza franca, sincera, bondosa, a confiança afetuosa e tranquila que não permite ver o mal em parte alguma.

Cerca de uma semana depois daquela cavalgada, após uma visita à mãe, Fauntleroy entrou na biblioteca com uma expressão preocupada e pensativa. Ele se sentou naquela cadeira de espaldar alto em que se sentara na noite de sua chegada e, por um momento, olhou para as brasas na lareira. O conde o observou em silêncio, perguntando-se o que estava por vir. Era evidente que Cedric tinha algo em mente. Por fim, ele ergueu os olhos.

— Newick sabe tudo sobre as pessoas que vivem em suas terras? — perguntou a criança.

— É seu dever ter essas informações — respondeu seu avô. — Ele as têm negligenciado por acaso?

Por mais contraditório que pareça, não havia nada que entretivesse e edificasse mais o conde do que o interesse do pequenino por seus inquilinos. Ele mesmo nunca se interessou por eles, mas isso lhe agradava o suficiente porque, com toda aquela linha de raciocínio ingênua e em meio a todas as suas diversões infantis e alto astral, havia uma seriedade peculiar trabalhando naquela cabeça encaracolada.

— Há um lugar — disse Fauntleroy, olhando para o avô com os olhos arregalados e aterrorizados. — Querida quem o encontrou. Fica do outro lado da aldeia. As casas estão juntas, uma por cima da outra e quase caindo. Mal se consegue respirar. As pessoas são tão pobres e tudo é terrível! Frequentemente, eles têm febre e as crianças perecem. É perverso viver assim, com uma vida indigna e miserável! É pior do que a de Michael e Bridget! A chuva entra pelo telhado! Querida foi visitar uma pobre mulher que lá morava, e ela não me deixou chegar perto até que tivesse arrumado as coisas. Lágrimas correram pelo seu rosto enquanto ela me contava isso!

Enquanto relatava ao conde, lágrimas corriam pelo rosto de Cedric, mas estas estavam acompanhadas por um sorriso.

— Eu disse a ela que o senhor não tinha conhecimento do que ocorria lá e que eu iria contar-lhe assim que retornasse — disse Ceddie.

O menino aproximou-se e encostou-se na cadeira do conde.

— Sei que o senhor pode consertar as coisas — afirmou o ne esperançoso. — Assim como fez com que tudo desse certo para Higgin. O senhor sempre faz o melhor para todos. Eu disse a ela que o senho tomaria uma providência, e que Newick deve ter se esquecido de relatar a situação.

O conde olhou para a mão da criança em seu joelho. Newick não se esqueceu de contar a ele. Na verdade, o homem havia falado mais de uma vez sobre a condição desesperadora do vilarejo longínquo, conhecido como Earl's Court. O fidalgo sabia tudo sobre o estado deplorável das residências, miseráveis, prestes a desabarem, com esgoto a céu aberto, paredes mofadas, janelas quebradas e os tetos com goteiras. Ele estava consciente da pobreza, da febre e da miséria. O sr. Mordaunt havia relatado tudo a ele com os piores adjetivos que se pode imaginar, mas Sua Senhoria lhe respondeu com uma linguagem repulsiva e, quando a gota piorou, disse que quanto mais cedo o povo de Earl's Court morresse e fosse sepultado pela paróquia, melhor seria, dando o assunto por encerrado.

No entanto, quando olhou para a mãozinha em seu joelho e, em seguida, para o rosto honesto, sério e de olhos francos, de fato ficou um pouco envergonhado pela situação de Earl's Court e também por sua atitude.

— Ora! — disse o aristocrata. — Você quer fazer de mim um construtor de casas-modelo, não é?

E ele positivamente colocou sua própria mão sobre a da criança e a acariciou.

— Aquelas residências devem ser demolidas — afirmou Fauntleroy, com grande ansiedade. — Querida disse isso. Deveríamos pô-las abaixo amanhã. As pessoas ficarão tão felizes quando o virem, vovô! Elas saberão que o senhor foi para ajudá-las!

E seus olhos brilharam como estrelas em seu rosto radiante.

O conde levantou-se da cadeira e pôs a mão no ombro da criança.

— Vamos sair e dar um passeio no terraço — disse ele, com um sorriso discreto. — E podemos conversar sobre isso.

E, embora risse duas ou três vezes novamente, enquanto caminhavam de um lado para o outro no amplo terraço de pedra, onde caminhavam juntos quase todas as noites, o velho conde parecia estar pensando em algo que não lhe desagradava por completo. E, durante todo o tempo, manteve sua mão no ombro de seu pequeno companheiro.

CAPÍTULO X

A verdade é que a sra. Errol havia se deparado com muitas coisas tristes no decorrer de seu trabalho entre os pobres da pequena aldeia, aparentemente pitoresca quando vista das encostas do pântano. Mas o lugar, quando visto de perto, não era tão interessante como parecia de longe. Lá a americana encontrou ociosidade, pobreza e ignorância onde deveria haver conforto e laboriosidade. E descobriu, depois de um tempo, que Earl's Court era considerada a pior aldeia daquela parte do país.

O sr. Mordaunt lhe contou muitas de suas dificuldades e desencorajamentos, e ela descobriu vários percalços sozinha. Os responsáveis por administrar as propriedades eram escolhidos a dedo para atender aos caprichos do conde e não se importavam com a degradação e s miséria dos inquilinos. Muitas coisas, portanto, foram negligenciadas e deveriam ser atendidas, e a situação ia de mal a pior.

Earl's Court era uma aldeia degradada, com suas casas dilapidadas e pessoas miseráveis, descuidadas e enfermas.

Quando a sra. Errol foi ao local pela primeira vez, estremeceu. Tal desmazelo, desleixo e inópia pareciam piores em uma aldeia rural do que na cidade, pois, em meio à urbanização, aquilo parecia poder ser evitado. Quando ela olhou para as crianças esquálidas e descuidadas crescendo em meio ao vício e à indiferença brutal, pensou em seu próprio filho passando seus dias no grande e esplêndido castelo, protegido e servido como um jovem príncipe, com todos os seus desejos atendidos e nada além de luxo, ostentação e deslumbramento.

Aos poucos, a viúva percebeu também, assim como todos naquela terra, que, tendo cativado tanto o avô, dificilmente o velho conde se recusaria a satisfazer um desejo que o neto exprimisse.

— O conde lhe daria qualquer coisa — disse a americana ao sr. Mordaunt. — Certamente satisfaria todos os seus caprichos. Por que não usar essa indulgência para fazer bem ao próximo? Cabe a mim providenciar para que isso aconteça.

Ela sabia que podia confiar no coração gentil e singelo do filho. Então, contou ao pequenino a história de Earl's Court, certa de que ele falaria para seu avô, esperando que alguns bons resultados surgissem.

E, por mais estranho que parecesse a todos, bons resultados se seguiram.

A confiança absoluta que o neto depositava no avô era sua maior influência sobre ele. De fato, Cedric sempre acreditava que seu avô faria o que fosse correto e benevolente. E o fidalgo não tolerava a ideia de o menino descobrir que nele não havia sequer a mínima inclinação para generosidade. Por isso, sempre fez suas vontades, independentemente das consequências. Para ele, era novidade ser visto com admiração, como um benfeitor de toda a raça humana, alguém de alma nobre e preceitos morais, e mal cogitava a ideia de olhar naqueles afetuosos olhos castanhos e dizer: "Eu sou um velho insensível, cruel e egoísta. Nunca fiz uma boa ação em minha vida e não me importo com Earl's Court ou com qualquer pobre", ou qualquer coisa que exigisse dele um posicionamento.

Com o tempo, afeiçoou-se àquele garotinho de cabelos encaracolados a ponto de não se importar de ser o responsável por atos de caridade de vez em quando. Assim, depois de muito refletir e rir de si mesmo, mandou chamar Newick para uma longa conversa acerca de Earl's Court, e ficou decidido que aquelas moradias deploráveis seriam demolidas, dando lugar a novos lares...

— Fauntleroy quem insistiu — disse o homem secamente. — Ele acredita que isso irá valorizar a região. Diga aos inquilinos que a ideia foi dele.

E o conde olhou para o netinho, que estava deitado no tapete em frente à lareira brincando com Dougal. O cão tornou-se companhia constante do pequeno lorde e o acompanhava por toda parte, perseguindo-o solenemente enquanto o menino caminhava e trotando majestosamente atrás do pônei enquanto o menino cavalgava.

Naturalmente, toda a região ouviu falar da melhoria proposta. No início, muitos moradores não acreditaram, mas quando um pequeno exército de trabalhadores chegou e começou a demolir as velhas e degradadas cabanas logo começaram a entender que o pequeno lorde Fauntleroy lhes havia feito uma boa ação novamente e que, por meio de sua inocente interferência, o constrangimento de Earl's Court teria um fim.

Se Cedric soubesse como falavam dele e o elogiavam em todos os lugares, profetizando um futuro brilhante quando crescesse, teria ficado deveras espantado. Mas o garoto nunca suspeitou disso. Viveu sua vida simples e feliz de criança, brincando no parque, perseguindo os coelhos até suas tocas, deitando sob as árvores na grama ou no tapete da biblioteca, lendo livros maravilhosos e conversando com o conde sobre eles, e então contando as histórias novamente para sua mãe, escrevendo longas cartas para Dick e sr. Hobbs, que respondiam do jeito deles, e cavalgando ao lado do avô ou com Wilkins.

Enquanto cavalgavam pela aldeia, costumava ver as pessoas se virarem e o encararem, e notou que, quando erguiam os chapéus, seus rostos costumavam se iluminar muito, mas acreditava que era porque seu avô estava com ele.

— Eles gostam tanto do senhor — disse ele uma vez, olhando para o conde com um sorriso radiante. — Vê como eles ficam felizes quando o veem? Espero que algum dia eu seja tão amado quanto o senhor. Deve ser bom ser adorado por todos.

E ele se sentia muito orgulhoso de ser neto de uma pessoa tão admirada e benquista.

Durante a construção das cabanas, o menino e seu avô costumavam cavalgar até Earl's Court para acompanhar o andamento das obras, pelas quais Fauntleroy demonstrava grande interesse. Ele desmontava de seu pônei e se familiarizava com os operários, fazendo-lhes perguntas sobre construção e assentamento de tijolos, e contando-lhes coisas sobre a América. Depois de duas ou três dessas conversas, ele foi capaz de esclarecer ao conde sobre o assunto da fabricação de tijolos, enquanto voltavam para a casa.

— Sempre gosto de saber sobre coisas como essas — disse ele — porque nunca se sabe o que será preciso fazer na vida.

Quando ele os deixava, os operários costumavam conversar entre si sobre o menino e seus discursos estranhos e inocentes, mas simpatizavam com ele e achavam graça em vê-lo parado ali, conversando com as mãos nos bolsos, o chapéu amarrado no pescoço puxado para trás e o rostinho cheio de expectativa.

— Ele é uma pessoa ímpar — costumavam dizer. — E também um rapazinho franco e falante. Não tem nada da soberba da família.

E eles voltavam para casa e contavam às suas esposas sobre ele, e as mulheres contariam umas às outras. Assim, quase todos falavam ou conheciam alguma história do pequeno lorde Fauntleroy e, gradualmente, quase todos sabiam que o "perverso" conde havia finalmente encontrado algo de que ele gostava, algo que o havia tocado e até mesmo aquecido seu velho e duro coração amargo.

Mas ninguém sabia ao certo o quanto havia sido aquecido e como, dia após dia, o velho conde se via cuidando cada vez mais da criança, que era a única criatura que alguma vez confiou nele. Ele se via ansioso pelo dia em que Cedric se tornaria um homem, forte e bonito, com uma vida inteira pela frente, mas ainda com aquele coração bondoso e o poder de fazer amigos em todos os lugares, e o conde se perguntou o que o garoto faria e como ele usaria seus dons. Frequentemente, enquanto observava o pequenino deitado em frente à lareira, manuseando um grande livro, com a luz iluminando sua cabeça jovem e brilhante, seus velhos olhos resplandeciam e sua bochecha enrubescia.

— Este menino poderá ser o que quiser — dizia para si mesmo —, poderá fazer qualquer coisa!

Ele nunca falou com ninguém sobre seus sentimentos por Cedric. Quando falava dele a outras pessoas, era sempre com o mesmo sorriso sombrio. Mas Fauntleroy logo soube que seu avô o amava e sempre gostou de que ele estivesse por perto: próximo de sua cadeira se eles estivessem na biblioteca, em frente a ele na mesa ou ao seu lado quando passeavam de carruagem, cavalgavam ou faziam seu costumeiro passeio noturno no amplo terraço.

— O senhor se lembra — disse Cedric uma vez, erguendo os olhos de seu livro enquanto estava deitado no tapete — do que eu lhe disse naquela primeira noite sobre sermos bons companheiros? Julgo não existir no mundo duas pessoas mais companheiras do que nós, não é mesmo, vovô?

— Somos muito bons companheiros, devo concordar — respondeu o velho fidalgo. — Venha aqui.

Fauntleroy levantou-se e foi até ele.

— Há alguma coisa que você queira? — perguntou o conde. — Alguma coisa que você não tem?

Os olhos castanhos do pequenino fixaram-se no avô com uma expressão bastante melancólica.

— Só uma coisa — respondeu o neto.

— O que é? — perguntou o conde.

Fauntleroy ficou em silêncio por um segundo. Não foi à toa que tinha pensado muito sobre o assunto por tanto tempo.

— O que é? — o avô repetiu.

Fauntleroy respondeu.

— É minha Querida — disse ele.

O velho conde estremeceu um pouco.

— Você a vê quase todos os dias — disse ele. — Não é o suficiente?

— Mas eu costumava vê-la o tempo todo — respondeu Fauntleroy. — Ela vinha até meu quarto para me dar um beijo de boa-noite e, de manhã, estava sempre lá, e podíamos contar coisas um ao outro sem ter de esperar.

Por um momento, avô e neto se entreolharam em silêncio. E então o conde franziu as sobrancelhas.

— Você *nunca* se esquece da sua mãe? — questionou o conde indignado.

— Não — respondeu Fauntleroy. — Nunca. E ela nunca se esquece de mim. E eu não me esqueceria do SENHOR, caso não morasse aqui. Pensaria o tempo todo.

— Não tenho dúvidas disso — disse o conde, depois de olhar para ele por mais um momento. — Acredito que sim!

A pontada de ciúme que veio quando o menino falou de sua mãe parecia ainda mais forte do que antes, pois o afeto pelo neto agora era muito maior. Mas não demorou muito para que ele sentisse outras dores, tão mais difíceis de enfrentar que quase se esqueceu, naquele momento, de que odiava a esposa de seu filho. E de uma forma estranha e surpreendente isso aconteceu.

Uma noite, pouco antes de as casas de Earl's Court serem concluídas, houve um grande jantar em Dorincourt. Fazia muito tempo que não acontecia uma festa no castelo. Poucos dias antes de o evento acontecer, *Sir* Harry Lorridaile e Lady Lorridaile, a única irmã do conde, chegaram para uma visita, algo que causou grande agitação na aldeia e fez a campainha da sra. Dibble tilintar loucamente mais uma vez, porque era bem sabido que Lady Lorridaile só esteve em Dorincourt uma vez desde seu casamento, trinta e cinco anos antes.

Ela era uma senhora bonita com cachos brancos e covinhas,

bochechas cor de pêssego e tinha bom coração. De personalidade forte, nunca aprovou a conduta de seu irmão e não tinha medo de falar francamente o que pensava, por isso, depois de várias discussões acaloradas com ele, raramente o via desde a juventude.

Lady Lorridaile tinha ouvido falar muito do irmão durante os anos em que estiveram separados, o que não era nada agradável. Ouviu falar de sua negligência com a esposa e da morte da pobre senhora, de sua indiferença com seus filhos, e dos dois rapazes mais velhos, fracos, perversos e pouco atraentes, que não tinham sido motivo de orgulho para ele ou qualquer outra pessoa.

A dama nunca conheceu os dois sobrinhos mais velhos, Bevis e Maurice, mas, em uma de suas visitas ao Lorridaile Park, um rapaz alto, robusto e bonito, de cerca de dezoito anos de idade, disse-lhe que era seu sobrinho, Cedric Errol, e que tinha vindo vê-la porque estava passando perto do local e desejava conhecer sua tia Constantia, de quem ouviu falar por sua mãe. O coração bondoso de Lady Lorridaile se aqueceu completamente ao ver o jovem, e ela o fez se hospedar em sua casa por uma semana, mimando-o e dedicando-lhe todas as atenções.

Ele era um rapaz de temperamento tão doce, alegre e espirituoso que, quando foi embora, a tia esperava vê-lo com mais frequência. Mas a mulher nunca mais o viu, porque o conde estava de mau humor quando o filho retornou para Dorincourt e o proibiu de pisar novamente em Lorridaile Park.

Mas Lady Lorridaile sempre se lembrava do sobrinho com ternura e, embora temesse que ele tivesse feito um casamento precipitado na América, ficou muito brava quando soube como ele havia sido rejeitado por seu pai e que ninguém sabia realmente onde ou como ele vivia. Por fim, veio o boato de sua morte e, então, de que Bevis caiu do cavalo e morreu, e de que Maurice pereceu de febre em Roma. Logo depois, soube que a criança americana foi encontrada e trazida para casa como lorde Fauntleroy.

— Provavelmente para ter a vida arruinada como os outros — disse ela ao marido —, a menos que a mãe dele seja boa o suficiente e tenha determinação para ajudar o garoto e cuidar dele.

Mas, quando soube que a mãe de Cedric havia sido separada dele, ficou indignada.

— É vergonhoso, Harry! — exclamou Lady Lorridaile. — Imagine só, uma criança daquela idade ser arrancada dos braços da mãe, obrigada a viver na companhia de um homem como o meu irmão! Ou ele tratará o menino bruscamente, como fez com os filhos, ou lhe fará todas as vontades até o estragar com mimos e o transformar em um monstrinho. Se eu achasse que serviria de alguma coisa escrever...

— Não serviria, Constantia — disse *Sir* Harry.

— Eu sei que não — respondeu ela. — Conheço muito bem meu irmão, o conde de Dorincourt. Ainda assim é ultrajante.

Não apenas os mais pobres e os fazendeiros ouviram falar do pequeno lorde Fauntleroy. Outros conheciam sua fama. Ele era tão mencionado e havia tantas histórias sobre ele, de sua beleza, seu temperamento doce, sua popularidade e sua crescente influência sobre o conde, que rumores sobre o garoto chegaram aos ouvidos de outros fidalgos e até a outros condados da Inglaterra. Todos falavam sobre ele nas mesas de jantar, as damas tinham pena de sua jovem mãe e se perguntavam se o menino era tão bonito quanto diziam ser, e os homens que conheciam o conde e seus hábitos riam muito das histórias da crença do pequenino na amabilidade de seu avô. Um dia, *Sir* Thomas Asshe, de passagem por Earl's Court, encontrou o conde e seu neto cavalgando juntos e parou para apertar a mão do aristocrata e parabenizá-lo pela mudança em seu semblante e por sua recuperação da gota.

— E, se querem saber — disse ele, posteriormente ao relatar o ocorrido —, o velho conde parecia tão orgulhoso quanto um pavão, e dou-lhes minha palavra que nunca vi um rapazinho mais bonito e distinto do que o neto dele! Tão aprumado quanto possível, cavalgava em seu pônei como um jovem soldado!

E assim, gradualmente, Lady Lorridaile também ouviu falar da criança. Ouviu falar de Higgins e do menino manco, das cabanas em Earl's Court e de várias outras coisas, e começou a desejar conhecer o pequenino. E, quando estava se perguntando como essa apresentação poderia acontecer, para seu total espanto, recebeu uma carta de seu irmão convidando-a para ir com o marido a Dorincourt.

— É incrível! — exclamou a mulher. — Ouvi dizer que a criança fez milagres e começo a acreditar nisso. Dizem que meu irmão adora o menino e mal consegue suportar tê-lo fora de vista. E está tão orgulhoso dele! Na verdade, acredito até que ele queira apresentá-lo a nós.

E Lady Lorridaile aceitou o convite imediatamente.

Quando chegou ao Castelo Dorincourt com *Sir* Harry, já era final da tarde, e ela foi para o quarto imediatamente, antes de ver o irmão. Depois de se vestir para o jantar, entrou na sala de estar. O conde estava perto do fogo, muito imponente, e, ao seu lado, estava um garotinho com um traje de veludo preto e uma grande gola *Vandyke* rendada. Um pequeno sujeito cujo rosto redondo e radiante era belíssimo e que se voltou para ela com olhos castanhos tão lindos e cândidos que ela quase proferiu uma exclamação de prazer e surpresa com a visão.

Ao apertar a mão do conde, ela o chamou pelo nome que não o chamava desde a infância.

— Não me diga, Molyneux — disse ela —, que esta é a tal criança?

— Sim, Constantia — respondeu o conde —, este é o menino. Fauntleroy, esta é sua tia-avó, Lady Lorridaile.

— Como vai a senhora, tia-avó? — disse Fauntleroy.

Lady Lorridaile colocou a mão em seus ombros e, após contemplar seu rosto erguido por alguns segundos, beijou-o calorosamente.

— Eu sou sua tia Constantia — disse ela. — Amava muito seu finado papai. Posso ver que você é muito parecido com ele.

— Fico feliz quando me dizem que sou como ele — respondeu Fauntleroy — porque parece que todos gostavam dele, e também da Querida... tia Constantia (adicionou as duas últimas palavras após uma breve pausa).

Lady Lorridaile ficou encantada. Ela se curvou e o beijou novamente e, a partir daquele momento, eles se tornaram amigos calorosos.

— Bem, Molyneux — disse ela mais tarde ao conde —, não poderia ser melhor do que isso!

— Acredito que não — respondeu o irmão secamente.

— Ele é um ótimo menino. Somos grandes amigos. Acredita que sou o mais charmoso e doce dos filantropos. Devo confessar, Constantia, como descobriria mesmo se eu não o admitisse, que corro o risco de me tornar um velho tolo por causa dele.

— O que a mãe dele pensa sobre sua pessoa? — questionou Lady Lorridaile, com sua franqueza habitual.

— Eu não perguntei a ela — respondeu o conde, ligeiramente carrancudo.

— Bem — disse Lady Lorridaile —, serei franca desde o início, Molyneux, e lhe direi que não aprovo sua conduta e que é minha intenção visitar a sra. Errol o mais rápido possível. Então, se deseja discutir isso comigo, é melhor que o faça logo. O que tenho ouvido sobre a jovem moça me dá a certeza de que o filho deve tudo a ela. Disseram-nos, mesmo no Lorridaile Park, que seus inquilinos mais pobres já o adoram.

— Eles o veneram — disse o conde, acenando com a cabeça em direção a Fauntleroy. — Quanto à sra. Errol, certamente a achará uma mulher belíssima. Estou em dívida com ela por dar um pouco de sua beleza ao menino, e pode ir vê-la, se assim desejar. Tudo o que peço é que ela permaneça em Court Lodge e que não me peça para ir vê-la — disse à irmã franzindo o cenho mais uma vez.

Mais tarde, ao comentar com o marido a conversa que teve com o irmão, Lady Lorridaile disse:

— Ele não a odeia tanto quanto costumava, isso ficou bastante claro para mim. Ele é um homem mudado em certa medida e, por incrível que pareça, Harry, é minha opinião que ele está se transformando em um ser humano graças à afeição que tem por aquele sujeitinho inocente e afetuoso. Ora, a criança realmente o ama, chegando a se inclinar em sua cadeira em sua direção e pôr a mão sobre seu joelho. Seus próprios filhos teriam preferido se aninhar com um tigre.

No dia seguinte, ela foi visitar a sra. Errol e, quando voltou, disse ao irmão:

— Molyneux, ela é a mulher mais linda que eu já vi! Tem uma voz suave como um sino de prata e deve agradecê-la por fazer do menino a pessoa que ele é. A moça deu ao filho mais do que sua beleza, e é um grande erro não a persuadir a vir morar em sua residência. Vou convidá-la para Lorridaile.

— Ela não vai deixar o menino — respondeu o conde.

— Devo ficar com o menino também — disse Lady Lorridaile, rindo.

Mas ela sabia que o conde não se separaria de Fauntleroy e, a cada dia, ela via mais claramente o quão próximos um do outro aqueles dois haviam se tornado, como toda ambição, esperança e amor do velho orgulhoso e sombrio se concentrava na criança, e como a natureza afetuosa e inocente retribuiu seu afeto com a mais perfeita confiança e boa-fé.

Ela sabia também que o principal motivo do grande jantar era o desejo secreto do conde de mostrar ao mundo seu neto e herdeiro, e permitir que as pessoas vissem que o menino de quem tanto se falava era ainda melhor pessoalmente do que os boatos.

— Bevis e Maurice foram uma humilhação tão amarga para ele — disse ela ao marido. — Todo mundo sabia disso. Ele realmente os odiava. Seu orgulho tem pleno domínio aqui.

Talvez ninguém tivesse aceitado o convite se não sentisse alguma curiosidade pelo pequeno lorde Fauntleroy e se perguntasse se ele estaria presente.

E, quando chegou a hora, lá estava Ceddie.

— O menino tem boas maneiras — disse o conde. — Ele não atrapalhará ninguém. As crianças geralmente são estúpidas ou enfastiantes, meus dois filhos mais velhos de fato eram, mas Fauntleroy sabe responder quando lhe dirigem a palavra e ficar em silêncio quando a conversa não lhe diz respeito. Não aborrece ninguém.

Mas a criança não teve chance de ficar em silêncio por muito tempo. Cada um tinha algo a dizer a ele. O fato é que queriam fazê-lo falar. As senhoras o acariciavam e lhe faziam perguntas, e os homens agiam da mesma forma e brincavam com ele, como a tripulação do navio havia feito quando o menino cruzou o Atlântico.

Fauntleroy não entendia muito bem por que às vezes riam tanto quando ele respondia, mas estava tão acostumado a ver as pessoas se divertindo quando falava sério que não se importava. Achou a noite esplêndida. Os cômodos, magníficos, eram iluminados pelas luzes. Havia muitas flores, os cavalheiros pareciam alegres e as damas usavam vestidos lindos e maravilhosos, com enfeites cintilantes no cabelo e no pescoço.

Havia uma jovem que, segundo ouviu dizer, acabou de regressar de Londres, onde havia passado a temporada, tão encantadora que ele não conseguia tirar os olhos dela. A moça era bastante alta, com uma postura altiva, cabelos escuros muito suaves e olhos grandes da cor de amores-perfeitos roxos, e a cor de suas bochechas e lábios era como a de uma rosa. Ela estava trajada com um lindo vestido branco e tinha pérolas em volta do pescoço.

Havia uma coisa estranha sobre essa jovem: tantos cavalheiros estavam perto dela e pareciam tão ansiosos por agradá-la que Fauntleroy pensou que ela devia ser algo como uma princesa. Ele estava tão interessado que, sem perceber, foi se aproximando cada vez mais dela e, por fim, a jovem se virou e falou com ele.

— Venha aqui, lorde Fauntleroy — disse ela, sorrindo. — E me diga por que me olha assim.

— Estava pensando em como é linda — respondeu sua jovem senhoria.

Então todos os cavalheiros riram abertamente, e a jovem riu um pouco também, e suas bochechas ruborizaram-se.

— Ah, Fauntleroy — disse um dos cavalheiros que ria com mais vontade —, aproveite ao máximo o seu tempo! Quando for mais velho, não terá coragem de dizer isso.

— Mas ninguém poderia evitar dizer isso — disse Fauntleroy docemente. — Ou por acaso poderia? Não acham que ela é bonita?

— Não podemos dizer o que pensamos — disse o cavalheiro, enquanto os demais riam mais do que nunca.

Mas a bela jovem, seu nome era srta. Vivian Herbert, estendeu a mão e puxou Cedric para seu lado, ficando ainda mais bonita do que antes, se é que isso era possível.

— Lorde Fauntleroy deve dizer o que pensa — disse ela. — E estou muito agradecida a ele. Tenho certeza de que ele pensa exatamente o que diz.

E ela o beijou na bochecha.

— Eu a acho mais bonita do que qualquer outra pessoa que eu já vi — disse Fauntleroy, olhando para ela com olhos inocentes de admiração —, exceto por Querida. Claro, eu jamais poderia pensar que alguém fosse tão bonita quanto minha mamãe. Para mim, ela é a pessoa mais bonita do mundo.

— Tenho certeza que sim — disse a srta. Vivian Herbert.

E ela riu e beijou sua face novamente.

Ela o manteve ao seu lado durante grande parte da noite, e o grupo do qual eles eram o centro se divertia muito. Ele não sabia como isso aconteceu, mas, em pouco tempo, estava contando a eles tudo sobre a América, o comitê republicano, e o sr. Hobbs e Dick, e no final o garotinho orgulhosamente tirou de seu bolso o presente de despedida de Dick, o lenço de seda vermelho.

— Coloquei no bolso esta noite porque era um evento especial — disse ele. — Achei que Dick gostaria que eu o usasse em uma festa.

E, por mais estranho que fosse o tecido flamejante e manchado, Cedric manteve uma expressão séria e afetuosa em seus olhos que impedia o público de gargalhar.

— Sabem... — disse ele. — Gosto muito do lenço porque foi Dick quem me deu.

Embora conversassem em demasia com ele, como disse o conde, o pequenino não aborrecia ninguém. Ele se mantinha quieto e ouvia enquanto os outros falavam, por isso ninguém o achava enfadonho.

Mais de uma vez, um leve sorriso surgiu no rosto dos presentes quando mais de uma vez lorde Fauntleroy foi até a cadeira de seu avô, ou se sentou em um banquinho perto dele, e ficou observando-o e absorvendo cada palavra que o conde pronunciava com o mais encantado interesse. Uma vez ficou tão perto do braço da cadeira que sua bochecha tocou o ombro do conde, e Sua Senhoria, detectando o sorriso geral, sorriu um pouco. O fidalgo sabia o que os espectadores estavam pensando e se divertiu secretamente com a ideia de que todos ali notariam como ele e o neto eram bons amigos e que o pequeno não partilhava da opinião que os demais tinham dele.

Esperava-se que o sr. Havisham chegasse à tarde, mas, estranhamente, ele estava atrasado. Realmente, isso nunca havia acontecido durante todos os anos em que o advogado visitou o castelo Dorincourt. Ele estava tão atrasado que os convidados se preparavam para se levantar para ir jantar quando ele chegou. Ao se aproximar para cumprimentar o anfitrião, o conde o olhou com espanto.

Ele parecia estar agitado, nervoso, e seu rosto estava realmente pálido.

— Atrasei-me devido a um acontecimento extraordinário — disse o cavalheiro em voz baixa.

Não era costume do metódico advogado deixar-se perturbar pelo que quer que fosse, todavia, era evidente que alguma coisa o atormentava. No jantar, quase não comeu e, duas ou três vezes, quando lhe dirigiram a palavra, estremeceu como se seus pensamentos estivessem distantes. Durante a sobremesa, quando Fauntleroy entrou no recinto, o advogado olhou para ele mais de uma vez, de maneira nervosa e inquieta. O menino notou o olhar e estranhou a conduta de seu velho conhecido. Ele e o sr. Havisham mantinham relações amistosas e geralmente trocavam sorrisos, mas o advogado pareceu ter esquecido de sorrir naquela noite.

O fato era que ele se esqueceu de tudo, exceto das notícias estranhas e dolorosas que sabia que deveria contar ao conde antes que a noite acabasse, notícias essas que sentia que seriam um choque tão terrível que mudaria tudo.

Enquanto o homem olhava para a esplêndida sala e para aqueles que ali se reuniam, mais para que pudessem ver o sujeitinho de cabelos dourados perto da cadeira do conde do que por qualquer outro motivo, e observava o velho e orgulhoso aristocrata e o pequeno lorde Fauntleroy sorrindo ao seu lado, realmente se sentiu bastante abalado, apesar de ser um advogado experiente e endurecido pela vida, pois pensou no abalo que as novidades que trazia causariam.

Não percebeu exatamente quando o longo e esplêndido jantar terminou. Sentia como se estivesse em um sonho, e várias vezes viu o conde olhar para ele surpreso.

Mas finalmente o jantar acabou e os cavalheiros juntaram-se às senhoras no cômodo ao lado. Eles encontraram Fauntleroy sentado no sofá ao lado da srta. Vivian Herbert, a grande beldade da última temporada de Londres. Os dois estavam olhando algumas fotos, e o pequeno lorde estava agradecendo a cortesia de sua nova amiga.

— Estou muito grato por ser tão gentil comigo! — dizia o jovenzinho. — Nunca estive em uma festa antes e me diverti muito!

Ele havia se divertido tanto que, quando os cavalheiros voltaram a ficar próximos da srta. Herbert e começaram a falar com ela, Cedric, ao tentar acompanhar a conversa, sentiu suas pálpebras começarem a se fechar. Elas caíram até cobrirem seus olhos duas ou três vezes, e então o som da risada baixa e delicada da srta. Herbert o traria de volta, e ele os abriria novamente por cerca de dois segundos. Tinha certeza de que não iria dormir, mas havia uma grande almofada de cetim amarelo atrás dele e sua cabeça afundou nela. E, depois de um tempo, suas pálpebras se fecharam pela última vez. Nem mesmo se abriram quando, aparentemente, alguém o beijou suavemente na bochecha. Era a srta. Vivian Herbert, que estava indo embora. Ela falou com ele baixinho.

— Boa noite, pequeno lorde Fauntleroy — disse ela. — Durma bem.

E pela manhã ele não sabia que havia tentado abrir os olhos e murmurado sonolento: — Boa noite... estou feliz... por tê-la conhecido... sua... be... beleza é... única.

O garotinho tinha apenas uma vaga lembrança de ouvir os cavalheiros rirem de novo e de se perguntar por que eles riam.

Assim que o último convidado deixou a sala, o sr. Havisham se levantou de seu lugar perto do fogo e se aproximou do sofá, onde ficou olhando para o ocupante adormecido. O pequeno lorde Fauntleroy estava relaxando luxuosamente. Uma perna estava cruzada sobre a outra e balançava na beirada do sofá e um braço estava esticado acima de sua cabeça. O calor do sono saudável, feliz e infantil transparecia em seu rosto tranquilo. O emaranhado de cabelos claros ondulando espalhou-se sobre a almofada de cetim amarelo. Era uma imagem que valia a pena ver.

Enquanto o sr. Havisham olhava para ele, ergueu a mão e esfregou o queixo barbeado, com um semblante irritado.

— Bem, sr. Havisham — disse a voz áspera do conde atrás dele. — O que foi? É evidente que algo aconteceu. Qual foi o evento extraordinário? Se me permite perguntar...

O sr. Havisham se virou, ainda no sofá, esfregando mais uma vez o queixo.

— São más notícias — respondeu ele —, notícias angustiantes, meu senhor, as piores possíveis. Lamento ser o portador.

O conde inquietou-se por algum tempo, enquanto olhava para o sr. Havisham, e quando isso acontecia ficava sempre mal-humorado.

— Por que você olha tanto para o menino? — exclamou o fidalgo, irritado. — Ficou olhando para ele a noite toda como se... Diga agora que razão o fez encará-lo a noite toda, sr. Havisham, pairando sobre ele como um pássaro de mau agouro! O que suas notícias têm a ver com lorde Fauntleroy?

— Meu senhor — disse o sr. Havisham —, não irei medir as palavras. Minhas notícias têm tudo a ver com o lorde Fauntleroy. E podemos acreditar que não é lorde Fauntleroy quem dorme diante de nós, mas apenas o filho do capitão Errol. O verdadeiro lorde Fauntleroy é filho de seu filho Bevis, que neste momento está em uma pensão em Londres.

O conde agarrou os braços da cadeira com as duas mãos até as veias saltarem sobre elas. E as veias saltaram em sua testa também. Seu rosto velho e feroz estava quase lívido.

— O que quer dizer? — gritou o velho enfurecido. — Perdeu o juízo? De onde tirou tamanha insensatez?

— Se fosse uma mentira — respondeu o sr. Havisham —, seria dolorosamente semelhante à verdade. Uma mulher veio ao meu escritório esta manhã alegando que seu filho Bevis se casou com ela há seis anos em Londres e me mostrou a certidão de casamento. Eles se separaram um ano depois, e Bevis a pagou para ficar longe dele. Ela tem um filho de cinco anos e é uma americana das classes mais baixas, uma pessoa ignorante, e até recentemente não entendia completamente a que seu filho tinha direito. Ela consultou um advogado e descobriu que o menino era na verdade lorde Fauntleroy e o herdeiro do condado de Dorincourt. E ela, é claro, insiste para que suas reivindicações sejam reconhecidas.

Houve um movimento da cabeça cacheada na almofada de cetim amarelo. Um suspiro suave, longo e sonolento saiu dos lábios entreabertos, e o menino mexeu-se durante o sono, mas nem um pouco inquieto ou agitado. Seu sono não foi nem um pouco perturbado pelo fato de que ele estava sendo acusado de ser um pequeno impostor, de que não era lorde Fauntleroy e nunca seria o conde de Dorincourt. Ceddie apenas virou o rosto rosado um pouco mais para o lado, como se para permitir que o velho que o olhava tão solenemente pudesse vê-lo melhor.

O rosto do conde se tornou sombrio e medonho. Um sorriso amargo se fixou nele.

— Eu me recusaria a acreditar em uma palavra sequer — disse ele — se não reconhecesse em algo tão baixo e infame traços da conduta do meu filho Bevis. É típico do Bevis. Ele sempre foi uma desgraça para nós. Sempre foi um fraco, mentiroso, bruto e com gostos duvidosos. Este era meu filho e herdeiro, Bevis, lorde Fauntleroy. A mulher é uma pessoa ignorante, vulgar, foi o que disse?

— Não tem absolutamente qualquer instrução e parece ser uma interesseira. A única coisa que lhe interessa é o dinheiro. É uma mulher atraente, de uma forma vulgar e grosseira, mas...

O velho advogado meticuloso parou de falar e estremeceu. As veias da testa do velho conde se destacavam como cordões roxos. Algo mais se destacou nele também, gotículas de suor frio. Ele pegou seu lenço e as secou. Seu sorriso ficou ainda mais amargo.

— E eu — disse ele — me opus à outra mulher, à mãe desta criança (apontando para o ser adormecido no sofá). Eu me recusei a reconhecê-la. E ainda assim ela poderia soletrar seu próprio nome. Presumo que este seja meu castigo.

De repente, ele saltou da cadeira e começou a andar de um lado para o outro no cômodo. Palavras ferozes e terríveis saíram de seus lábios. A raiva, o ódio e a cruel decepção o fizeram tremer como uma tempestade sacodindo uma árvore. Sua violência era algo terrível de se ver, mas o sr. Havisham percebeu que no pior momento de sua ira o homem nunca parecia esquecer a pequena figura adormecida na almofada de cetim amarelo e nunca falava alto o suficiente para despertá-la.

— Eu devia ter desconfiado — disse o conde. — Eles foram uma vergonha para mim desde pequenos! Sempre odiei os dois, e eles me detestavam! Bevis era o pior deles. Recuso-me a aceitar isto! Lutarei até o fim. Mas, de fato, isso é a cara do Bevis.

E então ele se enfureceu novamente e fez perguntas sobre a mulher, sobre as provas que apresentou e, andando pelo recinto, primeiro ficou pálido e depois roxo em sua fúria reprimida.

Quando finalmente soube tudo o que havia para ser contado e teve conhecimento da pior parte, o sr. Havisham olhou para o nobre um tanto apreensivo. O homem parecia desolado, abatido e mudado. Sua cólera sempre foi prejudicial para sua saúde, mas este foi seu pior acesso de raiva, pois, agora, havia outro sentimento além da ira.

Por fim, o velho conde andou lentamente até o sofá e finalmente parou perto do menino.

— Se alguém tivesse me dito que eu poderia me afeiçoar a uma criança — confessou o conde, com sua voz áspera baixa e trêmula —, eu não teria acreditado. Sempre detestei crianças, as minhas mais do que as outras. Mas gosto muito desta. E ela gosta de mim (deu um sorriso amargo).

Eu não sou popular, nunca fui. Mas este garoto gosta de mim. Nunca teve medo, sempre confiou em mim. Ele teria preenchido meu lugar melhor do que eu. Sei disso. Ele teria sido uma honra para meu nome.

O fidalgo se abaixou e ficou parado por um minuto ou mais olhando para o rosto sereno e adormecido do neto. Suas sobrancelhas peludas estavam franzidas ferozmente, mas de alguma forma ele não parecia nem um pouco feroz. Ele ergueu a mão, afastou o cabelo brilhante da testa do menino e depois se virou e tocou a sineta.

Quando o lacaio mais alto apareceu, ele apontou para o sofá.

— Leve-o — disse o nobre, e então sua voz mudou um pouco. — Leve lorde Fauntleroy para o quarto dele.

CAPÍTULO XI

Quando o jovem amigo do sr. Hobbs o deixou para ir ao Castelo Dorincourt se tornar lorde Fauntleroy, o homem da mercearia começou a se sentir realmente solitário, pois teve tempo de perceber que havia a distância de um oceano Atlântico entre ele e o pequeno companheiro que passou tantas horas agradáveis em sua companhia. O sr. Hobbs não era um homem inteligente nem mesmo sagaz. Era, de fato, uma pessoa roliça, de raciocínio lento, e nunca fez muitos amigos. Não tinha energia mental suficiente para saber entreter a si próprio e, na verdade, nunca fez nada de natureza divertida a não ser ler jornais e contabilizar suas vendas.

Não era muito fácil para ele somar suas contas, demorando muito para resolvê-las. E, nos velhos tempos, o pequeno Ceddie, que aprendeu a somar muito bem com os dedos, lousa e lápis, por vezes tentava ajudá-lo. Além disso, o garotinho foi um ouvinte tão bom e interessado pelo jornal que os dois mantinham longas conversas sobre a Revolução, os britânicos e as eleições e o Partido Republicano, e não era de se admirar que sua ausência tivesse deixado uma lacuna no coração do comerciante.

A princípio pareceu ao sr. Hobbs que Cedric não estava realmente longe e logo voltaria, que um dia ele levantaria os olhos do jornal e veria o menininho parado na porta, em seu terno branco e meias vermelhas, com seu chapéu de palha na nuca, e o ouviria dizer com sua alegre vozinha:

— Olá, sr. Hobbs! Está um dia quente, não é mesmo?

Mas os dias foram passando e isso não aconteceu. O sr. Hobbs, então, se sentiu muito entediado e inquieto. Não mais apreciava o jornal tanto quanto antes. Colocava-o sobre o joelho depois de lê-lo, sentava-se e ficava olhando fixamente para o banquinho alto por um longo tempo. Havia algumas marcas nas compridas pernas de madeira que o deixaram bastante abatido e melancólico. Eram marcas feitas pelos calcanhares do próximo conde de Dorincourt, quando ele chutava e falava ao mesmo tempo. Mesmo os condes mais jovens chutam as pernas das coisas em que se sentam. Aparentemente, sangue nobre e linhagem elevada não os impediriam. Depois de olhar para essas marcas, o sr. Hobbs pegava seu relógio de ouro, abria-o e olhava para os dizeres:

De seu maior e mais antigo amigo, lorde Fauntleroy. Quando ler isso, lembre-se de mim.

E, depois de encarar o objeto por um tempo, fechava o presente com um estalo alto, suspirava, levantava-se e ficava parado na porta, entre a caixa de batatas e o barril de maçãs, olhando rua acima. À noite, quando fechava a mercearia, acendia o cachimbo e caminhava lentamente pela calçada até chegar à casa onde Cedric morava. Lá, havia uma placa escrito: "Aluga-se esta casa", e ele lia os dizeres, balançava a cabeça, dava uma baforada no cachimbo e, depois de um tempo, retornava para casa pesarosamente.

Por ter um raciocínio mais lento, sempre demorava muito para ter uma nova ideia. Via de regra, ele não gostava de novidades, preferia manter as coisas como estavam. Depois de duas ou três semanas, entretanto, durante as quais, em vez de melhorar, as coisas realmente pioraram, um novo plano começou a tomar conta de seus pensamentos, lenta e deliberadamente.

Fumou muitos cachimbos antes de chegar a uma conclusão, mas finalmente chegou a ela. Ele iria ver Dick. O homem sabia tudo sobre o engraxate porque Cedric contou a ele, e sua ideia era que talvez Dick pudesse ser algum conforto para ele de modo a conversar e diminuir a falta do menino.

Então, um dia, quando Dick estava muito empenhado em lustrar as botas de um cliente, um homem baixo e robusto, de traços fortes e careca, parou na calçada e olhou por dois ou três minutos para a placa do engraxate, que dizia:

"MESTRE DICK TIPTON, NÃO HÁ OUTRO IGUAL."

O merceeiro a ficou encarando por tanto tempo que começou a chamar a atenção de Dick e, assim que deu os toques finais nas botas de seu cliente, disse:

— Gostaria de lustrar seus sapatos, senhor?

O homem robusto avançou deliberadamente e colocou o pé sobre a caixa.

— Sim — respondeu ele.

Então, quando Dick começou a trabalhar, o sr. Hobbs olhou de Dick para a placa e da placa para Dick.

— Onde conseguiu isso? — perguntou.

— De um amigo meu — respondeu Dick. — Um rapazinho. Foi ele quem me proporcionou todo o material de trabalho. Não há outro como ele. Ele está na Inglaterra agora. Tornou-se um lorde.

— Lorde... lorde... — perguntou o sr. Hobbs, com lentidão na fala — lorde Fauntleroy? O que foi ser conde de Dorincourt?

Dick quase deixou cair o pincel.

— Ora, chefe! — exclamou o engraxate. — Por acaso o conhece?

— Sim, eu o conheço — respondeu o sr. Hobbs, enxugando a testa. — Desde que ele nasceu. Éramos velhos conhecidos. Isso é o que nós éramos.

De fato, tocar no assunto o deixou bastante agitado. O comerciante então puxou o esplêndido relógio de ouro do bolso, abriu-o e mostrou o interior a Dick.

"Quando ler isso, lembre-se de mim", ele leu. Essa foi sua lembrança de despedida para mim. "Eu não quero que o senhor me esqueça". Essas foram suas palavras. E eu teria me recordado — continuou balançando a cabeça — mesmo se ele não tivesse me dado nada e eu nunca mais voltasse a pôr os olhos nele. O garotinho era um companheiro que *qualquer* homem se lembraria.

— Ele era o rapazinho mais simpático que já vi — disse Dick. — E, quanto à coragem, nunca vi tanta em um rapazinho. Pensei muito nele. Éramos amigos também, amigos inseparáveis. Certa vez salvei sua bola que rolou na rua para debaixo das carruagens, e ele nunca se esqueceu disso. Ele vinha com sua mãe ou sua ama e gritava: "Olá, Dick!" para mim, tão forte como um homem de um metro e oitenta de altura, vestido com calças na altura dos joelhos. Ele era um homenzinho alegre, quando eu não estava em um bom dia, fazia-me bem conversar com ele.

— É verdade — disse Hobbs. — Foi uma pena fazer dele um conde. Ele teria tido sorte no ramo de mercearia ou artigos variados.

E o merceeiro balançou a cabeça com mais pesar do que nunca.

A conversa provou que eles tinham tanto a contar um ao outro que não seria possível dizer tudo de uma vez. Por isso ficou combinado que na noite seguinte Dick faria uma visita à mercearia do sr. Hobbs. O plano agradou bastante a Dick. Ele havia sido uma criança de rua, abandonado quase toda a sua vida, mas nunca foi um menino mau e sempre teve um anseio por um tipo de vida mais digna. Como tinha um negócio próprio, ganhou dinheiro suficiente para dormir sob um teto, em vez de na rua, e começava a ter esperanças de alcançar um patamar ainda mais elevado com o tempo. Portanto, ser convidado a visitar um homem corpulento e respeitável, dono de uma venda de esquina e até de um cavalo e uma carroça, parecia-lhe um acontecimento e tanto.

— Sabe alguma coisa sobre condes e castelos? — inquiriu o sr. Hobbs. — Eu gostaria de saber mais sobre alguns em particular.

— Há uma história sobre alguns deles no *Penny Story Gazette* — disse Dick. — Chama-se "Crime de um Coronel" ou "A Vingança da Condessa de Maio". São bem interessantes e a cada semana é lançado um novo capítulo. Eu e alguns dos rapazes estamos lendo.

— Leve os exemplares quando for à mercearia — disse o sr. Hobbs —, e eu pagarei por eles. Leve tudo que puder encontrar sobre condes. Se não houver condes, sobre marqueses servirá, ou duques, embora o garoto nunca tenha feito qualquer menção sobre ser duque ou marquês. Tivemos uma conversa sobre coronéis e coroas, mas eu particularmente nunca vi uma. Acho que eles não costumam usar 'por aqui'.

O sr. Hobbs não explicou que não reconheceria um nobre caso o visse. Ele apenas balançou a cabeça pesadamente.

— Suponho que haja muito pouca informação sobre eles — disse, e isso encerrou o assunto.

Esse foi o início de uma amizade bastante substancial. Quando Dick foi à mercearia, o sr. Hobbs o recebeu com grande hospitalidade. Ofereceu a ele uma cadeira inclinada contra a porta perto de um barril de maçãs e, depois que seu jovem visitante se sentou, o homem deu um puxão no barril com a mão que segurava seu cachimbo, dizendo:

— Sirva-se.

Então, ele olhou para os jornais e os dois se puseram a ler e a discutir sobre a aristocracia britânica, e o sr. Hobbs fumou seu cachimbo com muito entusiasmo e balançou a cabeça pensativo. Ele a sacudiu mais quando apontou para o banquinho alto com marcas nas pernas.

— Aí estão seus chutes — disse ele com empolgação. — Seus próprios chutes. Eu sento e olho para eles por horas. Este é um mundo de altos e baixos. Ora, ele se sentou ali, comeu biscoitos de uma caixa e maçãs de um barril, e jogou seus caroços na rua. E agora ele é um lorde que vive em um castelo. Esses são os chutes de um lorde. E serão os chutes de um conde algum dia. Às vezes, eu digo a mim mesmo "Bem, com esta, mordi minha língua!".

Ele parecia extrair muito conforto de suas reflexões e da visita de Dick. Antes de o engraxate voltar para casa, eles jantaram na pequena sala dos fundos, comeram biscoitos, queijo e sardinhas e outras coisas enlatadas do armazém, e o sr. Hobbs solenemente abriu duas garrafas de refrigerante de gengibre e, servindo dois copos, propôs um brinde.

— Um brinde a ele! — disseram, levantando seus copos. — Que ele possa dar uma lição em todos eles, condes, duques e marqueses!

Depois daquela noite, os dois passaram a se encontrar com frequência, e o sr. Hobbs estava muito mais consolado e menos desolado. Eles leram o *Penny Story Gazette* e muitas outras coisas interessantes, e ganharam tanto conhecimento dos hábitos da nobreza e da pequena aristocracia que teriam surpreendido aquelas classes se eles as tivessem conhecido.

Um dia, o sr. Hobbs fez uma peregrinação a uma livraria no centro da cidade, com o propósito expresso de aumentar sua biblioteca. Ele foi até o atendente e se inclinou sobre o balcão para falar com ele.

— Eu quero — disse ele — um livro sobre condes.

— O quê? — exclamou o funcionário.

— Um livro — repetiu o homem da mercearia — sobre condes.

— Receio — disse o rapaz, parecendo meio esquisito — que não tenhamos o que o senhor quer.

— Como não tem? — disse o sr. Hobbs, ansioso. — Bem, pode ser então sobre marqueses... ou duques.

— Não conheço tal livro — respondeu o atendente.

O sr. Hobbs ficou muito perturbado. Olhou para o chão e então para cima.

— Nada sobre condessas? — indagou.

— Receio que não — respondeu o balconista com um sorriso.

— Como pode isso? — exclamou o sr. Hobbs desapontado.

Ele estava saindo do estabelecimento quando o rapaz o chamou de volta e perguntou se uma história em que a nobreza fosse o personagem principal serviria. Hobbs disse que sim, caso não encontrasse um volume inteiro dedicado aos condes. Então o atendente vendeu a ele um livro chamado *A Torre de Londres*, escrito pelo sr. Harrison Ainsworth, e ele o levou para casa.

Quando Dick chegou, eles começaram a ler. Era um livro maravilhoso e emocionante, e a história se passava no reinado da famosa rainha inglesa, chamada por algumas pessoas de "Rainha Sanguinária". E, quando o sr. Hobbs ouviu falar dos feitos da Rainha Maria e do hábito que ela tinha de cortar a cabeça das pessoas, torturá-las e queimá-las vivas, ficou muito impressionado. Ele tirou o cachimbo da boca, olhou para Dick e, por fim, foi obrigado a enxugar a transpiração da testa com o lenço de bolso vermelho.

— Ora, o garoto não está seguro! — afirmou o comerciante. — Ele não está seguro! Se as mulheres podem sentar em seus tronos e dar ordem para que atrocidades sejam feitas, quem vai saber o que está acontecendo com ele neste exato minuto? Ele pode estar correndo perigo! Deixe uma mulher como essa ficar brava e ninguém estará seguro!

— Bem — disse Dick, embora também parecesse bastante ansioso. — Esta aqui não é a que está mandando nas coisas agora. Eu sei que o nome dela é Vitória, e esta pessoa aqui no livro o nome dela é Maria.

— É verdade — disse o sr. Hobbs, ainda enxugando a testa. — Os jornais não estão falando nada sobre torturas, parafusos de polegar ou pessoas sendo queimadas vivas, mas ainda não parecia seguro para Cedric viver com aquelas pessoas esquisitas que nem ao menos festejam o 4 de julho!

Ele ficou inquieto por vários dias, e só quando recebeu a carta de Fauntleroy e a leu várias vezes, tanto para si mesmo quanto para Dick, e também leu a carta que Dick recebeu quase ao mesmo tempo, que se recompôs novamente.

Ambos encontraram grande prazer em suas cartas. Eles as liam e reliam, conversavam sobre elas e se deleitavam com cada palavra escrita. E eles passaram dias lendo as respostas que enviariam e as leram quase tão frequentemente quanto as cartas que haviam recebido.

Foi bastante trabalhoso para Dick escrever a sua. Todo seu conhecimento de leitura e escrita foi adquirido durante alguns meses, quando morou com seu irmão mais velho e estudou em uma escola noturna. Mas, sendo um menino astuto, ele havia aproveitado ao máximo aquela breve educação e desde então assimilava novas palavras que lia nos jornais e praticava a escrita com pedacinhos de giz em calçadas, paredes ou lascas.

Ele contou ao sr. Hobbs tudo sobre sua vida e sobre seu irmão mais velho, que tinha sido muito bom com ele depois que sua mãe morreu, quando Dick era bem pequeno. Seu pai havia morrido algum tempo antes. O nome do irmão era Ben, e ele cuidou de Dick o melhor que pôde, até que o menino tivesse idade suficiente para vender jornais e levar recados. Eles moravam juntos e, à medida que ele crescia, Ben, que era um bom rapaz, conseguiu um emprego decente em uma loja.

— E, então — exclamou Dick com desgosto —, tudo estava indo muito bem até que um dia ele se casou. Simplesmente se apaixonou e eu acabei sobrando! Casou-se com ela e arrendou dois quartos nos fundos de uma casa. E ela era uma pessoa insuportável e irredutível. Despedaçava as coisas quando ficava brava, e isso acontecia o tempo todo. Teve um filho igualzinho a ela, gritava dia e noite! E, se eu não corresse para cuidar dele, ela jogava qualquer coisa em minha cabeça. Um dia ela atirou um prato em mim e acertou o bebê, cortando seu queixo. O médico disse que ele carregaria a cicatriz até o dia de sua morte. Ela não era uma boa mãe! Estava com raiva de Ben porque ele não ganhava dinheiro suficiente, por isso ele foi para o oeste trabalhar em uma fazenda de gado. Não tinha se passado uma semana, quando cheguei em casa à noite depois de vender meus jornais e encontrei os quartos vazios. Uma vizinha disse que Minna tinha ido embora e levado a criança.

— Desde então — continuou Dick — nunca mais ouvimos uma palavra sobre ela. Se eu o tivesse abandonado, não teria se preocupado nem um pouco, então acho que ele não se preocupou. Mas, no início pensou muito nela. Para dizer a verdade, ele foi atrás dela. Ela não era uma garota feia quando estava arrumada e não zangada. Tinha grandes olhos negros e cabelos compridos até os joelhos. Fazia uma trança tão grande quanto seu braço e a torcia em volta da cabeça. E posso afirmar que os olhos dela brilhavam! As pessoas costumavam dizer que ela era parte italiana, diziam que sua mãe ou pai tinha vindo de lá, por isso se portava desse jeito. Era o próprio diabo. Se era.

Ele sempre contava ao sr. Hobbs histórias dela e de seu irmão Ben, que, desde sua partida para o Oeste, escreveu uma ou duas vezes para Dick.

A sorte de Ben não brilhou para ele, o que o fez vagar de um lugar para outro e finalmente se estabelecer em um rancho na Califórnia, onde trabalhava na época em que Dick conheceu o sr. Hobbs.

— Aquela mulher — disse Dick durante uma dessas conversas — tirou toda a sorte dele. E não pude deixar de sentir pena dele às vezes.

Sentados próximos à porta da mercearia, o sr. Hobbs, enquanto enchia seu cachimbo e procurava um fósforo, disse:

— Ele não devia ter se casado. Mulheres... nunca vi nenhuma utilidade nelas.

Ao tirar o fósforo da caixa, ele parou e olhou para o balcão.

— Uma carta! — disse o comerciante — Ora! Veja se não é uma carta! Eu nunca a vi antes. O carteiro deve tê-la deixado quando eu não estava presente ou foi entregue junto com o jornal.

Ele a pegou e olhou com atenção.

— É dele! – exclamou. — É a letra dele!

Ele esqueceu completamente o cachimbo, voltou para sua cadeira muito animado e pegou seu canivete para abrir o envelope.

— Quais serão as novidades desta vez? — disse ele empolgado.

E então desdobrou a carta e leu os seguintes dizeres:

Castelo de Dorincourt
Meu caro cenior Hobbs,
Escrevo esta carta com muinta preça porqe tenio algo curiozo pra le contar. Sei qe ficará muinto surprezo, meu caro amigo, cuando suber. Foi tudo um engano. Eu naum sou um lorde e naum terei qe ser um conde. A uma seniora qe foi cazada com meu tio Bevis, já falecido, e ela tem um filio pequeno. Ele sim é o lorde Fauntleroy, porqe, na Inglatera, o filio mais velio do conde fica sendo o novo conde e, se todo mundo está morto, o garotinio é qe cerá o futuro conde apos a morte do meu avô. Entaum, como meu papai era o filio mais novo, meu nome volta a ser Cedric Errol, como era cuando eu estava em Nova York. E todas as coisas pertenceraum ao otro garoto. Eu pençei, no inisio, qe deveria dar a ele meu pônei e brinqedos, mas meu avô dis qe eu naum presizo. Meu avô esta muinto arependido e eu axo qe ele naum gosta da seniora. Axo qe ele pença qe Qerida e eu cintimos muinto porqe eu naum cerei um conde. Eu gostaria de ser um conde agora melior do qe eu ceria no inisio por cauza do lindo castelo e porqe todos gostavam de mim. É muinto bon cuando ce é rico. Da pra faser muintas coizas boas, mas eu naum sou rico agora porqe cuando seu papai é apenas o filio mais novo, ele naum é rico e nem conde, entaum eu vou aprender a trabaliar pra qe eu

poça cuidar da minia mae. Tenio perguntado a Wilkins sobre como cuidar de cavalos, asim poderei ser um cavalariso ou um coxero. A ceniora trousse seu filio pro castelo e meu avô e o sr. Havisham conversaram com ela, mas axo que ela estava com raiva, pois falava auto e meu avô também estava com raiva, como eu nunca vi antes. Eu qeria contar ao cenior e ao Dick imediatamente, porqe cei qe vocês ficariam interesados. Sem mais delongas...

Com o amor de seu velio amigo,

CEDRIC ERROL *(Naum mais lorde Fauntleroy).*

O sr. Hobbs caiu sentado em sua cadeira, e a carta caiu sobre seus joelhos, seu canivete escorregou para o chão e o envelope também.

— Meu Deus! — exclamou o homem, perplexo. — A casa caiu!

Ele ficou tão estupefato que mudou sua maneira de falar. Nunca tinha usado tal expressão. Talvez realmente estivesse nervoso. Não há como saber.

— Bem — disse Dick —, a coisa toda degringolou, não foi?

— Com toda certeza! — disse o sr. Hobbs. — Em minha opinião, esta é uma armação dos aristocratas britânicos para roubar seus direitos porque ele é americano. Eles têm rancor de nós desde a Revolução e estão descontando nele. Eu disse que o menino não estava seguro, e veja o que aconteceu! Estando bem ou não, todo o governo se reuniu para roubá-lo de tudo o que legalmente lhe pertence.

O homem estava muito nervoso. A princípio, não aprovou a mudança das circunstâncias na vida de seu jovem amigo, mas recentemente se acostumou mais com ela. E, depois de receber a carta de Cedric, talvez até sentisse algum orgulho secreto da magnificência de seu amigo. Ele podia não ter uma boa opinião sobre os condes, mas sabia que mesmo na América o dinheiro era considerado uma coisa bastante agradável e, se toda a riqueza e grandeza são associadas ao título, devia ser bastante difícil perdê-lo.

— Eles estão tentando roubá-lo! — disse o dono do estabelecimento. — É isso que eles estão fazendo, e as pessoas que têm dinheiro deveriam cuidar dele.

Dick permaneceu com ele até tarde da noite para conversar sobre o assunto e, quando o jovem saiu, o merceeiro o acompanhou até a esquina da rua. No caminho de volta, parou em frente à casa vazia por algum tempo, olhou para a placa de aluga-se e fumou seu cachimbo, com inúmeros pensamentos em sua cabeça.

CAPÍTULO XII

Poucos dias depois do jantar festivo no castelo, quase todo mundo na Inglaterra que lia os jornais tinha conhecimento do que ocorreu em Dorincourt. Era uma história muito interessante quando contada com todos os detalhes. Havia o garotinho americano que foi trazido para a Inglaterra para ser lorde Fauntleroy, que diziam ser um sujeitinho benevolente e bonito, já tendo feito as pessoas gostarem dele. E havia o velho conde, seu avô, que tinha tanto orgulho de seu herdeiro. Tinha também a bela e jovem mãe, que nunca fora perdoada por se casar com o capitão Errol. E o casamento secreto de Bevis, o falecido lorde Fauntleroy, e a estranha esposa, de quem ninguém nada sabia, aparecendo de repente com seu filho e dizendo que ele era o verdadeiro lorde Fauntleroy e que devia ter seus direitos respeitados.

Todas essas coisas foram contadas e recontadas, causando uma sensação tremenda. E então veio o boato de que o conde de Dorincourt não estava satisfeito com os rumos que a situação havia tomado e talvez a contestasse legalmente, e o assunto poderia terminar com um julgamento extraordinário.

Nunca houve tanta agitação antes no condado. Nos dias de mercado, as pessoas se reuniam em grupos, conversavam e se perguntavam o que seria feito. As esposas dos fazendeiros convidavam-se para tomar chá, a fim de que pudessem contar umas às outras tudo o que ouviam, pensavam e tudo que pensavam as outras pessoas. Elas relatavam anedotas maravilhosas sobre a raiva do conde e sua determinação em não reconhecer o novo lorde Fauntleroy, e seu ódio pela mulher que era a mãe do reivindicante. Mas, claro que era a sra. Dibble quem mais sabia dos fatos. Por esse motivo, estava mais solicitada do que nunca.

— E as coisas não estão bem — disse ela. — E, se me perguntasse, eu diria que foi um castigo pela maneira como tratou aquela doce jovem quando a separou de seu filho. E agora afeiçoou-se de tal maneira ao menino, e tem tanto orgulho dele, que quase perdeu o juízo em razão do que se sucedeu. E mais, esta nova senhora não é uma dama como a mãe de seu neto Cedric. Ela é uma insolente de olhos negros e, como o sr. Thomas diz, nenhum cavalheiro de libré irá gostar de receber ordens daquela mulher. Se ela entrar na casa, ele disse que pedirá as contas no dia seguinte. O menino não se compara com o outro em nada que se possa mencionar. E só Deus sabe como tudo isso irá acabar. Senti até um mal-estar quando Jane trouxe a notícia.

Na verdade, havia comoção em todo o castelo: na biblioteca, onde o conde e o sr. Havisham conversavam, no salão dos criados, onde o sr. Thomas, o mordomo e os outros criados fofocavam a qualquer hora do dia, e nos estábulos, onde Wilkins executou seu trabalho em um estado de espírito bastante deprimido. Ele cuidou do pônei castanho com mais cuidado do que nunca e disse tristemente ao cocheiro que "nunca havia ensinado um jovem a cavalgar que aprendesse tão rápido e agisse como se fosse tudo muito natural quanto ele". Sentia de fato enorme prazer em cavalgar com o pequenino.

Mas no meio de toda a perturbação, havia uma pessoa que estava bastante calma e imperturbável. Essa pessoa era o pequeno lorde Fauntleroy, que se dizia não mais ser lorde Fauntleroy. Quando pela primeira vez a situação foi explicada a ele, sentiu um pouco de ansiedade e perplexidade, mas seu fundamento não estava na ambição frustrada.

Enquanto o conde lhe contava o que havia acontecido, ele se sentou em um banquinho segurando o joelho, como costumava fazer quando ouvia algo interessante, e, depois de ouvir toda a história, o rapazinho parecia bastante sério.

— Sinto-me um pouco estranho — confessou ele. — Isso me faz sentir esquisito!

O conde olhou para o menino em silêncio. Isso o fez se sentir esquisito também, mais do que jamais se sentiu em toda a sua vida. E ele se sentiu mais estranho ainda quando viu que havia uma expressão preocupada no rostinho que geralmente era tão feliz.

— Eles vão tirar a moradia da Querida e seu cupê? —perguntou Cedric com uma vozinha um tanto instável e ansiosa.

— Não! — disse o conde decididamente, em um tom de voz bem firme. — Eles não podem tirar nada dela.

— Ah! — disse Cedric, com evidente alívio.

Então, ele olhou para seu avô, e havia uma sombra melancólica em seus olhos. Eles pareciam muito grandes e ternos.

— Aquele outro garoto... — disse ele um tanto trêmulo —passará a ser seu companheiro agora, como eu era, não é?

— NÃO! — respondeu o conde. E o homem disse isso tão ferozmente e alto que Cedric deu um pulo.

— Não? — indagou o menino, maravilhado. — Verdade? Eu pensei que...

Cedric se levantou de repente.

— Ainda serei seu companheiro, mesmo que não seja um conde? — questionou ele. — Ainda serei seu amigo, assim como era antes?

E seu rostinho corou de emoção.

O velho conde, com suas grandes sobrancelhas peludas e seus olhos profundos brilhando estranhamente, olhou o neto da cabeça aos pés.

— Minha criança! — disse o avô.

Acredite ou não, sua própria voz estava esquisita, quase trêmula e um pouco rouca, nada do que se esperaria da voz de um conde, embora estivesse agora falando de uma forma mais categórica do que nunca.

— Sim, você será meu companheiro enquanto eu viver e, por Deus, às vezes eu sinto como se fosse o único amigo que eu já tive.

O rosto de Cedric ficou vermelho até a raiz dos cabelos. O garotinho sentiu imenso alívio e prazer. Enfiou as mãos nos bolsos e olhou diretamente nos olhos de seu nobre avô.

— Sério? — disse ele. — Bem, então, eu não me importo com a parte sobre ser um nobre, não me importa se sou conde ou não. Eu pensei... que por aquele garoto ser o conde teria que ser seu companheiro também, e com isso eu seria afastado do senhor. Foi isso que fez eu me sentir tão esquisito.

O conde pôs a mão em seu ombro e o puxou para mais perto.

— Eles não tomarão nada do que eu possa dar a você — disse ele, respirando com dificuldade. — Não irei permitir que tentem tirar qualquer coisa que seja sua. — Você nasceu para ocupar este lugar e... bem, você ainda pode. Mas aconteça o que acontecer, você terá tudo o que eu puder lhe dar. Tudo!

Quase não parecia que ele estava falando com uma criança, tamanha era a determinação em seu rosto e voz. Era mais como se ele estivesse fazendo uma promessa a si mesmo... e talvez estivesse.

Ele não tinha percebido o quão profundos eram os sentimentos e o seu carinho pelo menino e o orgulho que sentia dele. Nunca reconheceu em si próprio força, boas qualidades e beleza como parecia notá-las agora. Pela sua natureza obstinada, parecia impossível, ou mais do que impossível, desistir daquilo que tanto preencheu seu coração. E ele havia determinado que não desistiria do que havia conquistado sem uma luta feroz.

Poucos dias depois de ter visto o sr. Havisham, a mulher que dizia ser Lady Fauntleroy se apresentou no castelo trazendo seu filho com ela, mas foi enxotada. O conde não iria vê-la, e a americana foi informada pelo lacaio na entrada que um advogado cuidaria de seu caso.

Foi Thomas quem lhe transmitiu a mensagem, para depois expressar sua opinião sobre ela livremente, onde se reuniam os criados. Ele servia a famílias nobres há muito tempo e tinha experiência suficiente para reconhecer uma dama quando a via, e aquela, certamente, não se tratava de uma.

— Aquela do Court Lodge — acrescentou Thomas altivamente —, americana ou não, ela sim é uma verdadeira dama, e qualquer cavalheiro há de concordar comigo. Eu mesmo comentei isso com Henry quando estivemos lá.

A mulher foi embora com uma expressão meio assustada e irada em seu rosto. O sr. Havisham notou, durante suas conversas com ela, que, embora tivesse um temperamento forte e modos rudes e insolentes, não era nem tão inteligente nem tão ousada como pretendia parecer. Às vezes, quase parecia oprimida pela posição em que se colocara. Era como se ela não esperasse encontrar tamanha oposição.

— Ela é evidentemente — disse o advogado à sra. Errol — uma pessoa das classes sociais mais baixas. Não tem educação ou instrução, e não está acostumada a conviver com pessoas da nossa classe em quaisquer termos de igualdade. Ela não sabe como proceder. Sua visita ao castelo a intimidou bastante. Ficou furiosa, mas intimidada. O conde não quis recebê-la, mas eu o aconselhei a ir comigo a estalagem de Dorincourt, onde ela está hospedada. Quando o viu entrar no recinto, empalideceu-se, embora tenha explodido de raiva ao mesmo tempo, e ameaçou e exigiu os direitos do filho.

O fato é que o conde entrou na sala e ficou parado, parecendo um gigante aristocrático venerável, olhando para a mulher por baixo de suas sobrancelhas salientes, sem dizer-lhe qualquer palavra condescendente. Ele limitou-se a simplesmente encará-la, observando-a da cabeça aos pés como se ela fosse objeto de uma curiosidade repulsiva. Ele a deixou falar e exigir o que fosse até que estivesse cansada, sem ele mesmo dizer uma única palavra, e então disse finalmente:

— A senhora diz que é a esposa do meu filho mais velho. Se isso for verdade, e se a prova que apresentou for válida, a lei estará do seu lado e, nesse caso, seu filho é o lorde Fauntleroy. O assunto será investigado até não restar dúvida, quanto a isso, pode ficar tranquila. Se suas reivindicações forem comprovadas, terá suas necessidades providas, porém não quero ver a sua pessoa ou a criança enquanto eu viver. Infelizmente, o lugar terá de suportá-la após minha morte. Vejo que é exatamente o tipo de pessoa que eu esperava que meu filho Bevis escolhesse.

E então ele deu as costas para ela e saiu do local como havia entrado.

Poucos dias depois, um visitante foi anunciado à sra. Errol, que escrevia na saleta em sua residência. A criada, que trazia a mensagem, parecia bastante impressionada. Seus olhos estavam arregalados de espanto e, sendo jovem e inexperiente, olhou para sua patroa com ares de nervosismo.

— É o próprio conde em pessoa, senhora! — disse ela, incrédula.

Quando a sra. Errol entrou na sala de estar, um velho muito alto e de aparência majestosa estava em pé sobre o tapete de pele de tigre. Seu rosto envelhecido era bonito e sombrio, de perfil aquilino, e ele tinha um longo bigode grisalho e uma aparência obstinada.

— Sra. Errol, eu acredito? — disse o nobre.

— Sim, sou a sra. Errol — respondeu a mãe de Cedric.

— Eu sou o conde de Dorincourt — disse ele.

Ele parou por um momento, quase inconscientemente, para olhar em seus olhos. Pareciam-se tanto com os olhos grandes, afetuosos e infantis que ele vira tantas vezes durante os últimos meses que lhe deram uma sensação bastante curiosa.

— O menino tem seus traços — disse ele abruptamente.

— Tenho ouvido isso com certa frequência, meu senhor — respondeu ela —, mas fico feliz em considerá-lo parecido com o pai também.

Como Lady Lorridaile lhe dissera, sua voz era muito doce e seus modos muito simples e dignos. Ela não parecia nem um pouco preocupada com sua chegada repentina.

— Sim — disse o conde. — Ele também lembra muito meu filho.

O fidalgo ergueu a mão para tocar seu grande bigode grisalho e puxou-o com força.

— Por acaso sabe o motivo de minha visita? Eu vim para lhe dizer — disse o conde — que as reivindicações que foram feitas serão investigadas e contestadas, caso haja margem para tal, e que o menino será defendido com todo o poder da lei. Seus direitos...

A voz suave o interrompeu.

— Meu filho não deve ter nada que não seja seu por direito, mesmo que a lei possa dar a ele — disse ela.

— Infelizmente, a lei não pode — disse o conde. — Esta mulher ultrajante e seu filho...

— Talvez ela se importe com ele tanto quanto eu me importo com Cedric, meu senhor — disse a jovem sra. Errol. — E, se ela foi esposa de seu filho mais velho, o filho dela é o verdadeiro lorde Fauntleroy.

Ela não tinha mais medo da presença dele e olhou para ele exatamente como Cedric o olhou quando o conheceu, e ele, tendo sido um velho tirano toda a vida, sentia-se particularmente satisfeito com isso. As pessoas raramente ousavam discordar dele, e havia certa diversão nisso.

— Suponho — disse o velho conde, franzindo ligeiramente o cenho — que preferiria que seu filho não fosse o conde de Dorincourt.

Seu rosto jovem ruborizou-se.

— É uma coisa magnífica ser o conde de Dorincourt, meu senhor — disse ela. — Reconheço isso. Mas me importo mais que ele seja o que seu pai foi, corajoso, justo e sempre verdadeiro.

— Em notável contraste com o que seu avô foi, não é? — disse o aristocrata com sarcasmo.

— Não tive o prazer de conhecer o avô dele — respondeu a sra. Errol —, mas sei que meu filho acredita...

Ela parou por um momento, olhando em silêncio para o rosto do homem parado ali, na sua frente, e então acrescentou:

—Eu sei que Cedric o ama.

— Ele teria me amado — disse o conde secamente — se tivesse dito a ele por que não a recebi no castelo?

— Não — respondeu a sra. Errol. — Acredito que não. Por isso não quis que ele soubesse.

— Bem — disse o conde bruscamente —, poucas mulheres não teriam contado a ele.

De repente, ele começou a andar por toda a sala, puxando seu bigode com mais violência do que nunca.

— Sim, ele gosta de mim — disse ele. — E eu gosto dele. Não posso dizer que já gostei de alguém antes. Ele me encantou desde o início. Eu sou um homem velho e estava cansado da minha vida. Ele me deu um motivo pelo qual viver. Estou orgulhoso dele. Fiquei satisfeito em pensar que algum dia ele tomaria meu lugar como representante da família.

Ele voltou e parou diante da sra. Errol.

— Estou infeliz — disse ele. — Sinto-me um miserável!

E de fato ele parecia estar. Nem mesmo seu orgulho conseguia manter sua voz firme ou evitar que suas mãos tremessem. Por um momento, quase pareceu que seus olhos profundos e ferozes estivessem lacrimejantes.

— Talvez seja porque estou infeliz que vim até aqui — disse ele, olhando-a furiosamente. — Eu costumava odiá-la. Tinha ciúmes de seu relacionamento com o garoto. Este assunto miserável e vergonhoso mudou isso. Depois de ver aquela mulher repulsiva que se autodenomina viúva de meu filho Bevis, realmente senti que seria um alívio olhar para seu rosto. Tenho sido um velho tolo obstinado e suponho que a tratei mal. Percebo que é como o meu neto, e ele é a razão da minha existência. Estou infeliz e vim até aqui simplesmente porque é como o menino, e ele zela pela mãe, assim como zelo por ele. Trate-me o melhor que puder, pelo bem dele.

Ele disse tudo em sua voz áspera, e quase rude, mas de alguma forma parecia tão abatido que tocou sra. Errol no coração. Ela se levantou e moveu uma poltrona um pouco para a frente.

— Eu gostaria que o senhor se sentasse — disse ela de uma forma suave, doce e simpática. — Este assunto o tem perturbado muito. Certamente está cansado e precisa repor suas forças.

Era tão novo para ele alguém lhe falar daquele jeito gentil e simples quanto ser contestado. Ele se lembrou do neto novamente e fez o que ela pediu. Talvez sua decepção e miséria fossem uma boa disciplina para ele. Se não fosse seu desânimo, poderia continuar a odiá-la, mas, no momento, ele a achava um pouco reconfortante.

Quase tudo teria parecido agradável em contraste com Lady Fauntleroy, e esta tinha rosto e voz tão doces e muita dignidade quando falava ou se movia. Através da magia silenciosa dessa influência, ele começou a se sentir menos sombrio e, então, retomou o assunto.

— Aconteça o que acontecer — disse ele — o menino não passará necessidade. Nada lhe há de faltar, agora e no futuro.

Antes de ir embora, ele olhou ao redor da sala.

— Esta casa lhe agrada? — perguntou o nobre.

— Muito — respondeu a americana.

— Esta é uma sala alegre — disse ele. — Posso voltar aqui para tornarmos a conversar sobre o assunto?

— Com a frequência que desejar, meu senhor — respondeu ela.

E então ele entrou em sua carruagem e foi embora, e Thomas e Henry ficaram mudos diante da reviravolta dos últimos acontecimentos.

CAPÍTULO XIII

Assim que a história de lorde Fauntleroy e as dificuldades do conde de Dorincourt foram divulgadas nos jornais ingleses, elas passaram a ser discutidas nos jornais americanos. A história era interessante demais e muito comentada para ser ignorada levianamente. Havia tantas versões que teria sido edificante comprar todos os jornais e compará-los. O sr. Hobbs leu tanto a respeito que ficou deveras perplexo. Um jornal descreveu seu jovem amigo Cedric como um bebê de colo, outro como um jovem em Oxford, ganhando todas as honras e se distinguindo por escrever poemas gregos. Um disse que ele estava noivo de uma jovem de grande beleza, filha de um duque, outro disse que acabara de se casar. A única coisa, na verdade, que não foi dita era que ele era um garotinho entre sete e oito anos, com pernas ágeis e cabelos cacheados. Um deles até disse que ele não era parente do conde de Dorincourt, mas um pequeno impostor que vendia jornais e dormia nas ruas de Nova York antes que sua mãe abusasse da ingenuidade do advogado da família, que veio à América em busca do herdeiro do conde.

Então, vieram as descrições do novo lorde Fauntleroy e de sua mãe. Algumas vezes ela era descrita como uma cigana, outras vezes como uma atriz, ou mesmo uma bela espanhola. Mas sempre foi destacado que o conde de Dorincourt era seu inimigo mortal, que não reconheceria seu filho como seu herdeiro se pudesse evitar e como parecia haver alguma pequena falha nos papéis que ela havia apresentado. Era de se esperar um longo julgamento, que seria muito mais interessante do que qualquer coisa já levada a juri. O sr. Hobbs costumava ler os jornais até ficar com a cabeça girando e, à noite, ele e Dick conversavam sobre o assunto.

Eles descobriram que personagem importante era um conde de Dorincourt, que renda magnífica ele possuía, quantas propriedades tinha e quão imponente e belo era o castelo em que vivia. E quanto mais aprendiam, mais entusiasmados ficavam.

— Parece que algo precisa ser feito — disse o comerciante. — Coisas como essas não devem ficar assim, sendo ele conde ou não.

Mas realmente não havia nada que eles pudessem fazer, exceto escrever uma carta para Cedric, contendo garantias de sua amizade e empatia. Eles escreveram essas cartas assim que puderam após receber a notícia e, depois de escrevê-las, eles as entregaram um ao outro para serem lidas e corrigidas.

Isto é o que o sr. Hobbs leu na carta de Dick:

CARO AMIGO,

Li sua carta e o sr. Hobbs a dele e nós acreditamos que esteja em uma maré de azar. Eu e ele achamos que é melhor esperar o tempo que for preciso para não deixar que tirem o que é seu. Tem muita gente que é ladrão que vai fazer de tudo para enganar. Preste bem atenção. Tudo isso é para dizer que eu não esqueci o que fez por mim e, se não houver outro jeito, pode voltar aqui para fazer parceria comigo. Meu negócio está indo bem e posso tomar conta de você, Cedric. Quem tentou fazer mal para você vai se ver com o Mestre Dick Tipton. Então, sem mais nada a declarar,

DICK.

E foi isto que Dick leu na carta do sr. Hobbs:

Prezado amigo,

Pelo que nos relata, a situação parece ruim. Eu acredito que é tudo uma grande armação e você deve ser cuidadoso. E lhe escrevo para dizer duas coisas. Irei eu mesmo tratar do assunto. Fique tranquilo. Verei um advogado e farei tudo que eu puder. E, se o pior acontecer e os condes forem demais para nós, existe uma parceria no ramo de mercearia pronta para você quando tiver idade suficiente, bem como uma casa e um amigo.

Respeitosamente,
Silas Hobbs.

— Bem — disse o Sr. Hobbs —, ele está garantido entre nós, se ele não for um conde.

— Ele está mesmo — disse Dick. — Eu teria apoiado ele, mesmo que não gostasse daquele sujeitinho.

Na manhã seguinte, um dos clientes de Dick ficou bastante surpreso. Era um advogado que estava começando a exercer a profissão, tão pobre quanto um advogado iniciante poderia ser, mas um jovem inteligente e enérgico, com um tino afiado e bom temperamento. Ele tinha um escritório simples perto do ponto onde Dick trabalhava, e todas as manhãs o engraxate lustrava suas botas, que muitas vezes não estavam exatamente em bom estado, mas Dick sempre tinha uma palavra amigável ou uma piada para contar.

Naquela manhã em particular, quando pôs o pé no apoio, tinha um jornal ilustrado nas mãos, um jornal sobre empreendedorismo, com imagens de coisas e pessoas ilustres. O rapaz terminou de lê-lo ao mesmo tempo que suas botas foram engraxadas e, entregando-o a Dick, disse:

— Tenho aqui um jornal para você, Dick. Pode dar uma olhada quando passar no Delmonico's para o desjejum. Nele, há a foto de um castelo e a nora de um conde inglês. É uma bela mulher, com uma farta cabeleira, embora pareça estar causando confusão por lá. Você deveria se familiarizar com a nobreza, Dick. Comece com Sua Senhoria, o conde de Dorincourt e Lady Fauntleroy. Quanto lhe devo, Dick?

As fotos de que ele falou estavam na primeira página, e Dick estava olhando para uma delas com os olhos arregalados e a boca aberta e seu rosto afilado quase pálido de perplexidade.

— Qual é o problema, Dick? — disse o jovem. — Foi algo que viu no jornal?

Realmente parecia como se algo tremendo tivesse acontecido. Ele apontou para a imagem sob a qual estava escrito:

— Mãe do Reivindicante (Lady Fauntleroy).

Era a foto de uma mulher bonita, com olhos grandes, cabelos pretos e tranças pesadas enroladas em volta da cabeça.

— É ela! — chocou-se Dick. — Deus! Eu a conheço melhor do que ao senhor!

O jovem começou a rir.

— Onde você a conheceu, Dick? — zombou o rapaz. — Em Newport? Ou quando você esteve da última vez em Paris?

Dick não conseguiu sorrir. Ele começou a juntar seus pincéis e coisas, como se tivesse algo urgente para fazer, e encerrou seu expediente.

— Não importa — disse ele. — Eu a conheço! E não trabalharei mais esta manhã.

E, em menos de cinco minutos, partiu em disparada pelas ruas a caminho da mercearia do sr. Hobbs.

O sr. Hobbs mal pôde acreditar quando olhou para o outro lado do balcão e viu Dick entrar correndo com o jornal na mão. O menino estava sem fôlego com a corrida, tanto que mal conseguia falar enquanto jogava o jornal no balcão.

— Olá! — exclamou o Sr. Hobbs. — O que tem aí?

— Veja! — ofegou Dick. — Olhe esta mulher na foto! Ela não é aristocrata! — falou com profundo desprezo. — Não é a esposa de nenhum lorde. Que caia um raio na minha cabeça se não for Minna, a mulher do meu irmão! Eu a reconheceria em qualquer lugar, Ben também. Pode perguntar a ele.

O sr. Hobbs soltou o corpo em sua cadeira.

— Eu sabia que era uma armação — disse ele. — Eu sabia! E eles fizeram isso porque ele é um americano!

— Foi ela! — gritou Dick, enojado. — Ela fez tudo isso, foi ela! A mulher era perita em fazer falcatruas. Assim que eu vi seu rosto, lembrei que em um dos jornais que vimos dizia algo sobre o filho dela ter uma cicatriz no queixo. Junte os fatos, ela e a tal cicatriz! Ora, aquele garoto dela não é mais lorde do que eu! É o filho do Ben, o garotinho que ela machucou quando lançou aquele prato em mim.

O mestre Dick Tipton sempre foi um menino esperto e ganhar a vida nas ruas de uma cidade grande o tornara ainda mais astuto. Aprendeu a manter os olhos abertos e a ter bom senso. E é preciso admitir que apreciou imensamente a excitação e imediaticidade daquele momento. Se o pequeno lorde Fauntleroy tivesse presenciado aquela cena na mercearia por apenas por um momento, certamente teria ficado entusiasmado, mesmo que toda a discussão e planos tivessem sido destinados a mudar o destino de algum outro garoto que não ele.

O sr. Hobbs estava quase sendo oprimido por seu senso de responsabilidade, e Dick, cheio de energia, começou a escrever uma carta para seu irmão Ben. Recortou a fotografia e a anexou a ela, e o sr. Hobbs escreveu uma carta para Cedric e outra para o conde. Eles estavam finalizando as cartas quando Dick teve uma nova ideia.

— Lembrei agora... — disse ele — que o sujeito que me deu o jornal é advogado. Vamos perguntar a ele o que é melhor a se fazer. Os advogados conhecem as leis e podem nos orientar.

O sr. Hobbs ficou muito impressionado com essa sugestão e com a astúcia de Dick.

— É mesmo! — respondeu o comerciante. — Isto é assunto para ser tratado por advogados.

Deixando a mercearia aos cuidados de um substituto, vestiu o casaco e seguiu para o centro da cidade com Dick, e os dois se apresentaram com sua história esdrúxula no escritório do sr. Harrison, para grande surpresa do jovem.

Se ele não fosse um advogado muito jovem, com uma mente muito empreendedora e muito tempo livre, poderia não ter se interessado tão prontamente no que os amigos de Cedric tinham a dizer, pois tudo certamente parecia muito estranho. Mas por acaso ansiava por um caso e Dick lhe contou a história.

— Diga-nos quanto cobraria para analisar bem este caso e eu pagarei as despesas, Silas Hobbs, esquina da rua Blank, Legumes e Mercearia.

— Bem — disse o sr. Harrison —, se tudo correr conforme o esperado, será um caso grande, quase tão importante para mim quanto para o lorde Fauntleroy. De qualquer forma, não há mal algum em apenas investigar. Pelo que li, há algumas incertezas em relação à idade da criança. A mulher se contradisse em algumas de suas afirmações sobre a idade dele e despertou suspeitas. As primeiras pessoas a quem se dirigir são o irmão de Dick e o advogado da família do conde de Dorincourt.

E, antes de o sol se pôr, duas cartas foram escritas e enviadas em direções diferentes, uma saindo do porto de Nova York, em um navio postal a caminho da Inglaterra, e a outra em um trem que transportava cartas e passageiros com destino à Califórnia. A primeira fora endereçada ao sr. Havisham e a segunda, a Benjamin Tipton.

E depois que a mercearia foi fechada naquela noite, o sr. Hobbs e Dick sentaram-se nos fundos e conversaram até meia-noite.

CAPÍTULO XIV

É impressionante como é curto o tempo que leva para que coisas maravilhosas aconteçam. Aparentemente, levou apenas alguns minutos para mudar toda a sorte do garotinho que balançava suas pernas com meias vermelhas no banquinho alto da mercearia do sr. Hobbs, transformando-o de um garotinho que vivia a vida mais simples em uma rua tranquila em um nobre inglês, o herdeiro de um condado e de uma riqueza magnífica. Ao que parece, também levou apenas alguns minutos para transformá-lo de um nobre inglês em um pequeno impostor sem um tostão, sem direito a nenhum dos esplendores de que estava desfrutando. E, por mais surpreendente que possa parecer, não demorou tanto quanto se poderia esperar para mudar tudo de novo e devolver-lhe tudo o que esteve a perigo de perder.

Demorou menos porque a mulher que passou a se intitular Lady Fauntleroy não era, nem de longe, tão inteligente ou perversa quanto pensava. E, quando foi pressionada pelas perguntas do sr. Havisham sobre seu casamento e seu filho, cometeu um ou dois erros que levantaram suspeitas. E então ela perdeu sua presença de espírito e calma e em sua irritação e raiva traiu-se ainda mais.

Todos os erros que a mulher cometeu foram sobre as informações do filho. Parecia não haver dúvida de que ela foi casada com Bevis. Brigou com ele e foi paga para se manter afastada dele, mas o sr. Havisham descobriu que a história dela sobre o menino ter nascido em certa parte de Londres era falsa, e bem quando todos eles estavam no meio da comoção causada por essa descoberta chegou a carta do jovem advogado de Nova York e também as cartas do sr. Hobbs.

A chegada daquelas cartas tornou a noite inesquecível e, de posse delas, o sr. Havisham e o conde se sentaram na biblioteca para conversar sobre seus planos!

— Comecei a suspeitar muito dela depois das três primeiras reuniões que tivemos — disse Havisham. — Pareceu-me que a criança era mais velha do que dissera. Cometeu um deslize ao falar da data de seu nascimento e tentou consertar o problema. A história que essas cartas trazem se encaixa em várias das minhas suspeitas. Nosso melhor plano será telegrafar imediatamente para a América e chamar esses dois irmãos Tipton, sem dizer nada sobre eles a ela, e de repente confrontá-la com eles quando ela não estiver esperando por isso. Afinal, ela não é muito esperta e a minha opinião é que ela ficará louca de medo e se trairá na hora.

E foi o que realmente aconteceu. Ela não foi informada de nada, e o sr. Havisham a impediu de suspeitar de qualquer coisa, continuando a ter várias conversas com ela, nas quais assegurou que estava investigando suas declarações, enquanto os irmãos atravessavam o oceano Atlântico rumo à Inglaterra. Ela realmente começou a se sentir tão segura que seu ânimo melhorou imensamente e começou a ser tão insolente quanto se poderia esperar.

Mas, em uma bela manhã, enquanto estava sentada em sua sala de estar na estalagem de Dorincourt, fazendo alguns planos muito bons para o seu futuro, o sr. Havisham foi anunciado e, quando ele entrou, estava acompanhado por não menos do que três pessoas: um era um rapaz de rosto afilado, o outro era um jovem robusto e o terceiro era o conde de Dorincourt.

Ela ficou de pé e realmente soltou um grito de terror que saiu de sua boa sem que ela conseguisse contê-lo. Sempre que pensava nesses recém-chegados era que estavam a milhares de quilômetros de distância. Esperava nunca mais vê-los novamente. É preciso destacar que Dick sorriu um pouco quando a viu.

— Olá, Minna! — disse ele, satisfeito.

O jovem grandalhão, que era Ben, parou por um minuto e olhou para ela.

— O senhor a conhece? — O sr. Havisham perguntou, olhando de um para o outro.

— Sim — disse Ben. — Eu a conheço muito bem e ela me conhece.

E ele deu as costas para a mulher e ficou olhando para a janela, como se vê-la fosse demasiado odioso para ele, como de fato era. Então a mulher, vendo-se tão perplexa e desmascarada, perdeu todo o controle sobre si mesma e ficou tão furiosa como Ben e Dick nunca tinham visto antes. Dick sorriu um pouco mais enquanto a observava e ouvia os xingamentos que ela dirigia a todos e as ameaças violentas que fazia, mas Ben não se virou para olhá-la.

— Eu posso jurar quem ela é em qualquer tribunal — disse o ex--esposo ao sr. Havisham. — E posso trazer uma dúzia de outros que o farão. O pai dela é um tipo de homem respeitável, embora esteja em uma posição inferior no mundo. Sua mãe era igual a ela. Está morta, mas o pai está vivo e é um homem honesto o suficiente para ter vergonha da filha. Ele lhe dirá quem ela é e confirmará se ela se casou comigo ou não.

Então, Ben cerrou os punhos de repente e se virou para ela.

— Onde está a criança? — ele perguntou. Ela irá voltar comigo! Chega de maus-tratos!

E, assim que o irmão de Dick terminou de dizer essas palavras, a porta que dava para o quarto se abriu um pouco, e o menino, provavelmente atraído pelo som das vozes altas, olhou para as pessoas na sala. Ele não era um menino bonito, mas tinha um rosto exótico e era muito parecido com Ben, seu pai, como qualquer um podia ver, e tinha a "famosa" cicatriz de três pontas em seu queixo.

Ben se aproximou dele e pegou sua mão, que estava tremendo.

— Sim — disse ele —, eu também poderia jurar por ele. — Tom — disse o homem ao pequenino —, sou seu pai. Vim para levá-lo embora. Onde está seu chapéu?

O menino apontou para uma cadeira no quarto. Evidentemente, ficou bastante satisfeito em saber que estava indo embora. Ele estava tão acostumado a experiências fora do comum que não se surpreendeu quando um estranho lhe disse ser seu pai. Ele não sentia nenhum afeto pela mulher que, poucos meses antes, foi ao lugar onde ele vivia desde a infância e de repente anunciou que era sua mãe, dizendo-lhe que estava pronto para viver novos ares.

Ben pegou o chapéu e se encaminhou para a porta.

— Se o senhor precisar de mim novamente — disse ele ao sr. Havisham —, sabe onde me encontrar.

Ele saiu da sala, segurando a mão da criança e sem olhar para a mulher uma única vez.

Ela estava delirando de fúria, e o conde a olhava calmamente através dos óculos, que colocou discretamente sobre o aristocrático nariz de águia.

— Venha, venha, minha jovem — disse o sr. Havisham. — Seu plano não dará certo. É melhor se comportar se não quiser ser presa.

E havia algo tão profissional em seu tom de voz que, provavelmente sentindo que a coisa mais segura que poderia fazer seria sair dali imediatamente, ela lançou-lhe um olhar selvagem e correu para o próximo cômodo, batendo a porta.

— Não teremos mais problemas com ela — disse o sr. Havisham.

E ele estava certo. Naquela mesma noite, ela deixou a estalagem, pegou o trem para Londres e não foi mais vista.

Quando o conde saiu da sala após o fatídico encontro e foi imediatamente para a carruagem, ordenou a Thomas:

— Para Court Lodge.

— Para Court Lodge — disse Thomas ao cocheiro enquanto se sentava na cabine, ciente de que as coisas estavam tomando novos rumos.

Quando a carruagem parou em frente à Court Lodge, Cedric estava na sala de estar com a mãe.

O conde entrou sem ser anunciado. Ele parecia uns dois centímetros mais alto e muitos anos mais jovem. Seus olhos profundos brilharam.

— Onde está lorde Fauntleroy?

Sra. Errol avançou com um rubor subindo para sua bochecha.

— Ele é o lorde Fauntleroy? — perguntou a americana. — É mesmo?

O conde estendeu a mão e segurou a dela.

— Sim — respondeu ele. — Ele é.

Então, ele colocou a outra mão no ombro de Cedric.

— Fauntleroy — disse ele com seu jeito sem cerimônias e autoritário —, pergunte a sua mãe quando ela virá viver conosco no castelo.

Fauntleroy lançou os braços em volta do pescoço da mãe.

— Para viver conosco? — o menino se emocionou. — Para viver para sempre conosco?

O conde olhou para a sra. Errol e a sra. Errol olhou para o conde.

Sua Senhoria era totalmente sincera. Ele havia decidido não perder tempo em organizar esse assunto. Tinha começado a pensar que seria bom fazer amizade com a mãe de seu herdeiro.

— Tem certeza de que me quer no castelo? — disse a sra. Errol, com seu sorriso suave e bonito.

— Certeza absoluta — disse ele sem rodeios. — Sempre a quisemos, só não sabíamos disso. Esperamos que venha.

CAPÍTULO XV

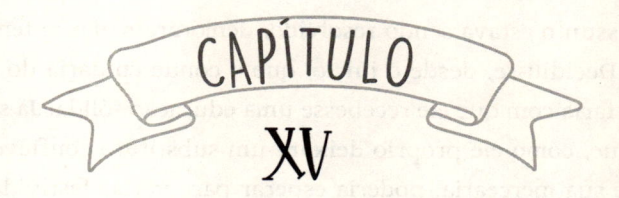

Ben pegou seu filho e o levou para a fazenda de gado na Califórnia; regressou à América em circunstâncias muito confortáveis. Pouco antes de sua partida, o sr. Havisham teve uma conversa com ele na qual lhe informou que o conde de Dorincourt desejava fazer algo pelo menino que poderia ter se revelado lorde Fauntleroy. O nobre julgou ser um bom plano investir em uma fazenda de gado própria e colocar Ben no comando em condições que o favoreceriam e estabeleceriam uma base sólida para o futuro de seu filho.

E assim, quando Ben foi embora, ele retornou como o futuro senhor de um rancho, quase tão bom quanto o rancho em que já trabalhava e que poderia facilmente se tornar seu com o tempo, como de fato aconteceu ao longo de alguns anos. E Tom, o menino, cresceu e se tornou um belo rapaz. Seguindo os passos do pai, eles foram tão bem-sucedidos e felizes que Ben costumava dizer que Tom o compensou por todos os problemas que teve na vida.

Mas Dick e o sr. Hobbs, que na verdade tinha vindo junto com os irmãos Tipton para ver se o assunto estava sendo resolvido, demoraram algum tempo para retornar. Decidiu-se, desde o início, que o conde cuidaria do sustento de Dick e faria com que ele recebesse uma educação sólida. Já sr. Hobbs decidiu que, como ele próprio deixara um substituto confiável no comando de sua mercearia, poderia esperar para ver as festividades que celebrariam o oitavo aniversário de lorde Fauntleroy. Todos os inquilinos foram convidados. Haveria uma grande festa, com direito a dança, jogos no parque, fogueiras e fogos de artifício à noite.

— Assim como no quarto de julho! — disse lorde Fauntleroy.

— É uma pena que meu aniversário não tenha sido no dia 4, não é mesmo? Neste caso, poderíamos comemorar a data juntos.

A princípio, o conde e o sr. Hobbs não eram tão próximos quanto se esperava no tocante à aristocracia britânica. O fato é que o conde conhecia poucos merceeiros, e o sr. Hobbs não tinha muitos conhecidos próximos que fossem condes. Assim, em seus raros encontros, a conversa não fluía. Também deve ser admitido que o sr. Hobbs ficou bastante impressionado com os esplendores que Fauntleroy considerava seu dever mostrá-lo.

O portão de entrada, os leões de pedra e a alameda impressionaram um pouco o comerciante no início, mas, quando ele viu o castelo, os jardins de flores, as estufas, os terraços, os pavões e a masmorra, a armadura, a grande escadaria, os estábulos e os criados de libré, realmente ficou bastante perplexo. Mas foi a galeria de fotos que pareceu ter sido o ápice.

— Aqui seria uma espécie de museu? — disse ele a Fauntleroy, quando conduzido para a grande e magnífica sala.

— N... não! — disse Fauntleroy, um tanto indeciso. — Não acho que seja um museu. Meu avô disse que estes são meus ancestrais.

— Todos antepassados? — exclamou o sr. Hobbs. — Todos? Seu tio-avô deve ter uma família muito grande!

E o homem se afundou em uma cadeira e olhou ao redor com um semblante bastante agitado, até que com grande dificuldade lorde Fauntleroy conseguiu explicar que as paredes não eram inteiramente revestidas com os retratos da progênie de seu tio-avô.

O homem achou necessário, de fato, pedir ajuda à sra. Mellon, que sabia tudo sobre os quadros, e poderia dizer quem os pintou e quando, acrescentando histórias românticas dos senhores e senhoras que foram os modelos originais.

Quando o sr. Hobbs ouviu e finalmente entendeu algumas dessas histórias, ficou fascinado e gostou da galeria de fotos quase mais do que qualquer outro lugar no castelo. O americano costumava ir a pé da estalagem na aldeia onde ficou hospedado até a galeria, e lá passava meia hora vagando, olhando para as damas e os cavalheiros pintados, que também olhavam para ele, e balançava a cabeça quase o tempo todo.

— E eram todos condes — dizia ele — ou bem perto disso! E meu amiguinho vai ser um deles e possuir tudo!

Particularmente, o merceeiro não estava tão incomodado com os condes e seu modo de vida como esperava; ao que parece, seus princípios estritamente republicanos não haviam sido abalados por uma familiaridade mais próxima com castelos e ancestrais e todo o resto. De qualquer forma, um dia ele expressou um sentimento muito notável e inesperado:

— Eu não me importaria em ser um deles! — confessou o homem. O que foi realmente uma grande concessão.

Que grande dia foi quando o aniversário do pequeno lorde Fauntleroy chegou, e como sua jovem senhoria gostou! Como estava bonito o parque, cheio de convidados vestidos com seus melhores trajes, com as bandeiras tremulando nas tendas e no topo do castelo! Ninguém se esqueceu de vir, porque todo mundo estava realmente feliz que o pequeno lorde Fauntleroy continuaria a ser um nobre e algum dia seria o dono da terra.

Todos queriam dar uma olhada nele e em sua linda e gentil mãe, que fez tantos amigos. Positivamente, agora todos gostavam mais do conde e eram mais amáveis com ele porque o menino o amava e confiava nele e também porque ele agora tinha feito amizade e se dirigia com respeito à mãe de seu herdeiro. Dizia-se que ele estava começando a gostar dela também e que, por influência de sua jovem senhoria e sua mãe, o conde poderia ser transformado com o tempo em um velho nobre bem-comportado e gentil, e com isso todos ali seriam mais felizes.

Havia muitas pessoas sob as árvores, nas tendas e nos gramados. Agricultores e suas esposas em suas vestes de domingo com seus gorros e xales, moças e seus pretendentes, crianças brincando e correndo e senhoras em mantos vermelhos fofocando.

No castelo, havia damas e cavalheiros que tinham vindo para felicitar o conde e conhecer a sra. Errol. Lady Lorredaile e *Sir* Harry estavam lá, e *Sir* Thomas Asshe e suas filhas, e claro, o sr. Havisham e a bela srta. Vivian Herbert, com o mais belo vestido branco, uma sombrinha de renda e um círculo de cavalheiros para cuidar dela, embora evidentemente gostasse mais de Fauntleroy do que de todos eles juntos. E, quando ele a viu, correu para ela e colocou o braço em volta do seu pescoço. Ela, por sua vez, colocou os braços em volta do dele também e o beijou tão calorosamente como se ele fosse seu irmão mais novo favorito e disse:

— Querido pequeno lorde Fauntleroy! Querido garotinho! Eu estou tão feliz! Sinto-me radiante!

E depois caminhou pelo terreno com ele e deixou que o menino lhe mostrasse tudo.

Quando ele a levou para onde o sr. Hobbs e Dick estavam, disse a ela:

— Este é meu velho amigo, sr. Hobbs, srta. Herbert, e este é meu outro velho amigo, Dick. Eu contei a eles como era bonita e disse que deveriam conhecê-la caso viesse no meu aniversário.

Ela apertou a mão de ambos, levantou-se e falou com eles, perguntando sobre a América, sua viagem e sua vida desde que chegaram à Inglaterra, enquanto Fauntleroy ficou parado, olhando para ela com olhos de adoração. Nesse momento, suas bochechas coraram de alegria porque percebeu que o sr. Hobbs e Dick gostaram muito dela.

— Bem — disse Dick solenemente —, ela é a garota mais bonita que eu já vi! Ela é linda como uma margarida, se é!

Por onde passava, todos a admiravam e também ao pequeno lorde Fauntleroy.

O sol brilhava, as bandeiras tremulavam, os jogos eram realizados, as pessoas dançavam, e enquanto a festa continuava e a tarde alegre passava sua pequena senhoria estava simplesmente radiante e feliz.

O mundo inteiro parecia esplêndido para ele.

Havia outra pessoa que também estava feliz, um velho que, embora tivesse sido rico e nobre durante toda a vida, não costumava ser honestamente feliz. Talvez, de fato, estivesse se sentindo assim por ter se transformado em uma pessoa bem melhor do que era antes. Na verdade, ele não havia se tornado tão bom quanto Fauntleroy pensava. Mas, pelo menos, havia começado a amar algo e, por várias vezes, havia encontrado uma espécie de prazer em fazer as coisas gentis que o coraçãozinho virtuoso de uma criança havia sugerido, e isso era um começo.

A cada dia o fidalgo ficava mais satisfeito com a viúva de seu filho.

Era verdade, como diziam as pessoas, que ele também começava a gostar dela. Gostava de ouvir sua voz doce e, quando ficava sentado em sua poltrona, costumava observá-la e ouvir enquanto ela falava com o filho e, ouvindo as palavras amáveis e gentis que eram novas para ele, começou a ver por que o sujeitinho que morava em uma rua modesta de Nova York e conhecia mercearias e fazia amizade com engraxates era tão bem-educado que não deixava ninguém envergonhado, mesmo quando a sorte o transformou em herdeiro de um condado inteiro, morando em um castelo inglês.

Afinal de contas, a razão é muito simples, era apenas porque ele havia vivido perto de um coração bondoso e gentil, e tinha sido ensinado a ter sempre pensamentos bons e a cuidar dos outros. Talvez pareça uma atitude pequena, mas foi de extrema importância. O menino nada sabia sobre condes e castelos, era totalmente ignorante de todas as coisas grandes e esplêndidas, mas ele sempre foi adorável porque era simples e amoroso. Ser assim é como nascer rei.

Naquele dia, ao olhar para o neto movendo-se pelo parque entre as pessoas, conversando com aqueles que conhecia e fazendo sua pequena reverência quando alguém o cumprimentava, entretendo seus amigos, Dick e o sr. Hobbs, ou parando perto de sua mãe ou srta. Herbert para ouvir sobre o que conversava, o velho nobre ficou muito orgulhoso do garotinho. E ficou ainda mais satisfeito quando desceram em direção à tenda, onde os inquilinos mais importantes da propriedade Dorincourt estavam sentados para o grande banquete do dia.

Estavam todos reunidos e, depois de terem brindado à saúde do conde, com muito mais entusiasmo do que seu nome jamais foi saudado, eles propuseram um brinde ao "pequeno lorde Fauntleroy". E se alguma vez houve dúvida sobre a popularidade de Sua Senhoria, tudo havia sido resolvido naquele instante tamanho foi o clamor de vozes, o barulho de copos e os aplausos!

A amizade daquelas pessoas de bom coração pelo pequeno fidalgo era tão grande que até esqueceram os naturais constrangimentos perante os mais digníssimos convidados, que haviam abandonado o castelo para assistir aos brindes e gritaram a plenos pulmões. Algumas mulheres, ao contemplarem ternamente o pequeno lorde, entre a mãe e o avô, chegaram mesmo a comover-se, e diziam umas para as outras:

— Deus o abençoe, pequeno lorde!

O pequeno lorde Fauntleroy estava encantado. Sorria para todos e fazia reverências, ruborizando-se de vez em quando.

— Isso tudo é porque eles gostam de mim, Querida? — perguntou à sua mãe. — É, Querida? Estou tão feliz!

E então o conde pôs a mão no ombro da criança e disse-lhe:

— Fauntleroy, diga a eles que os agradece por sua gentileza.

Fauntleroy olhou para ele e depois para a mãe.

— Eu devo? — perguntou um pouco timidamente, e ela sorriu, bem como a srta. Herbert, e ambas concordaram com a cabeça.

E então Cedric deu um pequeno passo à frente, e todos olharam para ele. Ele era um menino tão encantador, com uma expressão tão corajosa e confiante! Dirigiu-se aos convidados falando o mais alto que podia, e a sua voz infantil ressoava nítida e firme.

— Estou muito grato pela presença de todos! — disse ele. — Espero que estejam apreciando meu aniversário, porque eu estou me divertindo um bocado. Também alegro-me em saber que um dia serei um conde. A princípio não pensei que iria gostar, mas agora gosto, e adoro este lugar. Eu o acho magnífico e... e... e... quando eu for conde, vou tentar ser tão bom quanto meu avô.

E em meio às ovações, o rapazinho recuou com um pequeno suspiro de alívio, colocou a mão na do conde e ficou perto dele, sorrindo, encostado no avô.

E esse seria o fim da história, mas devo acrescentar a informação curiosa de que o sr. Hobbs ficou tão fascinado com a vida aristocrática e estava tão relutante em deixar seu jovem amigo que na verdade vendeu sua mercearia de esquina em Nova York e se estabeleceu na vila inglesa de Earl's Court, onde abriu uma loja que foi patrocinada pelo castelo e, consequentemente, transformou-se em um grande sucesso. E, embora ele e o conde nunca tenham se tornado muito íntimos, aquele homem se tornou com o tempo mais aristocrático do que Seu Senhorio.

Ele lia as notícias da corte todas as manhãs e seguia todos os atos da Câmara dos Lordes! E, cerca de dez anos depois, quando Dick, que havia terminado seus estudos e estava indo visitar seu irmão na Califórnia, perguntou ao bom dono da mercearia se ele não queria voltar para a América, ele balançou a cabeça seriamente.

— Não pretendo retornar. Desejo estar perto do garoto e de certa forma cuidar dele. Lá é um bom país para aqueles que são jovens e agitados, mas há defeitos nele. Não sabem o que é um antepassado, muito menos um conde!

Impressão e Acabamento
Gráfica Oceano